五個小孩的校長

——教情逸致

／呂麗紅

【序一】

關信輝
電影《五個小孩的校長》導演

生命中總會遇上令你感動的人，呂麗紅校長就是令我最感動的人之一。

還記得二○○九年在報紙中看到「四千五百蚊校長」的報導，呂麗紅校長願當一間面臨倒閉，只有五個小孩就讀的幼稚園校長，薪酬除了只有四千五百元外，還要兼任教學、行政、清潔，甚至是保姆車司機的工作。在報導中有人笑她很傻，也有人說她只是三分鐘熱度，撐不到多久。但無論如何，當下我被這位無私、熱愛生命、堅持夢想的校長感動得淚流滿面。當年，我把這份報紙小心地放在一個文件袋內，想着若有一天與這位校長見面，到時的情境又會是怎樣的呢？

四年後，真的有機會到元岡幼稚園，參加幼稚園的畢業禮。當時畢業禮的學生約有十多人，整個畢業禮中，呂校長忙個不停，我也沒機會

跟校長打聲招呼。遠處看着這位熱愛生命的校長，關懷在場每一位小孩，每個細節她都親力親為，全無架子。

待畢業禮終於完結，我與校長和幼稚園的義工們到附近一間餐廳吃午飯，校長就坐在我的對面，我終於有機會與校長對話了！想不到這時腦海竟變得一片空白，淚水卻不受控制地湧流出來。我說不出話來，校長遞給我紙巾，我輕輕抹去淚水，抬頭一看，原來校長也和我一樣，正淚流滿面。

這頓午飯吃了什麼，我已全無印象，但到了今天，校長的淚水和生命故事卻依然深深刻在我的心裏。每套電影總有上映和落幕的時候，電影《五個小孩的校長》落畫至今已有數年，但呂麗紅校長的故事依然繼續，依然精彩，她愛孩子、愛生命的熱情更是有增無減。

我十分感謝校長邀請我為她的新書寫這篇序言，深信她的愛、熱情和人生體會化成了文字後，可觸動更多人的心靈。呂校長的生命感動了我，如你也被她感動，願你也一起以生命影響生命，讓世界變得更美，更溫暖。

【序二】

張佩瓊 Hannah Chang
電影《五個小孩的校長》編劇
執業資深心理治療師 *Senior Psychotherapist*
臨牀心理學博士研究生 *PsyD*，*Candidate in Clin Psy*
專業輔導碩士 *MAPC*

　　早於多年前，我與關信輝導演都被呂麗紅校長願意以四千五百元月薪，到新界村校當校長的新聞所感動，當時我們已想到，若將之拍成電影，必定很有意思，想不到這想法在幾年後竟然可以成真。

　　第一次往元岡幼稚園探訪呂麗紅校長，校長親切熱情的招待，真摯地與我們分享她為何來到這裏當校長，以及她的教學理想，都讓我動容，最後更有幸跟隨校長前往學生家裏作家訪，與她一起探訪鄉村裏的窮困家庭。校長不單關心學生的需要，更會關心整個家庭，日思夜想，思量着能為他們做些什麼，讓學生及家長們的生活可以好過一點。校長

説話很溫柔，卻又流露着一份行俠仗義的俠女豪情。

　　呂校長，十分感恩能有幸寫一個關於你及五個小孩故事的劇本，並能將之拍成電影。電影受到觀眾喜愛，全是因為你的故事，不單為那五個小孩，同時也為香港帶來了久違的溫情，再一次喚起了我們對身邊的人與事應有的人文關懷。

　　相信這書必定結集了你很多精彩及寶貴的經驗，也同時相信每一位讀者都能從這書裏感染你那溫柔中的仗義精神。

【序三】

鄧小慧
資深電影發行人

因為家人的關係，知道了呂麗紅女士接任做元岡幼稚園校長的事迹。生活在追求高回報的社會中，心裏實在不明白為何會有人肯接受四千五百元這樣低的報酬，去接手這個相當「困身」的任務。但看過一些報導後，對校長的理念及以身奉公的無私，忽然覺得應該要把這精神傳遞出去。

要讓許多人接收到這訊息，最好不過的方法就是把她的事迹拍成電影去感動世人。自己是做電影發行工作的，於是便開始做紅娘，撮合了幾位英雄，催生了《五個小孩的校長》這部電影。她那種用生命影響生命的大愛精神，不但在香港及中國引起很大迴響，就連身處日本、加拿大、澳洲等都同樣感受得到。

第一次見呂校長是在元岡幼稚園。見到她講述在校內推行混齡教育的那種求新態度，見到她如何鼓勵小朋友嘗試新事物的生動表情——我

想她的學生是很幸福的。

由第一次見面到今天，原來已有四年多的時間。可她對教育小朋友的熱情，丁點也沒有減退。呂麗紅，你是如何做到的？

我希望天下間的莘莘學子，都能遇到一位像呂校長般的好老師。

【序四】

李宗德博士
GBS, OStJ, JP
和富社會企業主席
和富慈善基金主席

　　呂麗紅校長從她只有五個孩子的幼稚園經營到今天，課室座無虛席，她對教育的熱誠，大家有目共睹。她今次出版新作《五個小孩的校長》，並邀請我為她作序，實在是我的榮幸。

　　「師者，所以傳道、授業、解惑。」簡單的一句話，點出作為老師的三個重任：傳達人生道理，教授學科知識，解答學生疑難。教育從不是一件簡單的事，除了讓學生學習課本知識外，更重要是培養他們建立良好的品格，懂得「自我修身，再去齊家，走到平天下」。這才是教育的目標——十年樹木，百年樹「仁」。

　　近年來，社會各界開始注重並積極推動品德教育，期望能強化青少年的品格，使我們的下一代懂得欣賞他人，關懷他人，而這正正與呂校長的理念不謀而合。《五個小孩的校長》是呂校長把多年來在教育界工作的所見、所聞來分享，記述了小朋友校園生活的喜與樂，為他們與家人的關係在成長過程中提供了維他命，補充他們成就全人發展的養分，走上豐盛的人生。呂校長通過筆墨，分享了自己對世界觀、社會態、人生歷的看法，讓我們教育工作者產生了共鳴。

　　要為我們的下一代提供良好的教育，不能只靠學校去教導學生怎樣有「品」，更重要的是在社會上怎樣做「有品人」，身教重於言教，尊重關愛他人，營造更善良及和諧的社會環境。通過閱讀此書，了解呂校長跑在人生道路上怎樣釋出正能量，以生命影響生命，用愛讓世界變得更美！

【序五】

王君萍
亞洲著名健身教練

　　我與許多人一樣，第一次知道呂校長，是由大銀幕中的楊千嬅而認識的。

　　而第一次真正接觸呂校長，就是為了邀請呂校長出任一個健美比賽的頒獎嘉賓，因而「膽粗粗」地找上了呂校長。從小到大，我對「校長」的印象都是兇惡又嚴肅的，所以在見到呂校長真人之前真的感到有點害怕，也有點好奇，好奇呂校長真人和銀幕上展示出來的形象會有什麼分別嗎？想不到第一次的接觸，就令我對「校長」這角色完全改觀。呂校長時時刻刻都會有個微笑掛在嘴角，對任何人都和藹可親，原來校長可以是這樣子的！

　　認識了呂校長之後，我也對元岡幼稚園產生了興趣，希望了解更多呂校長提倡的混齡教育，所以，有一天我到元岡幼稚園去和小朋友相處

了整個下午。原來混齡教育可以讓較大的小朋友明白要照顧較年幼的小朋友，年幼的也會相應地學懂尊重和感恩。那一天的小息時間，老師們和校長派給小朋友一些代幣，也準備了一些小食，讓小朋友嘗試使用代幣購買小食。呂校長說，因為校內的同學一般家境比較清貧，平常未必有機會買東西，所以特地創造一個場景讓他們也能體會一下，順道也為他們日後升小學作個準備。

第二件小事，是我伙同公司的同事一起到元岡幼稚園畢業典禮做義工，希望讓小朋友留下一個開心美好的回憶。那一天，校長向畢業同學們致辭時，泣不成聲。我從沒有想過，校長的角色，原來也可以是一個母親。只有母親，才會為子女的將來作準備，作打算；只有母親，才會在子女長大後要離開時哭成淚人。

呂校長的大愛和包容深深打動了我，我希望元岡幼稚園能繼續運作下去，也希望社會上能有更多的「呂校長」，所以當呂校長準備要出書分享她的經歷時，我也要義不容辭地分享一下我眼中的呂校長。

電影《五個小孩的校長》並沒有為了戲劇效果而把現實中發生的事誇張化，現實中可以發生的事，往往比電影更匪夷所思，在此我要向呂校長致上最崇高的敬意！

【序六】

陳天富
藝達社社長
資深退休老師

人生有很多選擇。

可以不問世事，可以凡事插手。

可以高高在上，可以平易近人。

有很多美好的事情，不在於你有沒有能力做到，而是在於你敢不敢想，敢不敢做。敢想，就去做！

「生命影響生命」這句話，很多人都講過，做過。我所認識的教育者之中，能做得有真正意義和成果的並不多，而呂校長是當中的表表者。

　　我不是一個教育家，但也算是一個教育者。身邊的「教育界」人士良莠不齊，有誤人子弟的，有作威作福的，有只為餬口的……當然也有作育英才的，有和藹可親的，有不望回報的。呂麗紅校長是在教育圈子裏最令我敬佩的一位教育者，她令我見證了生命如何影響生命。

　　作為一個教育者，教好一個學生是要盡最大的努力去關心他／她的一切。這「一切」包括了學業成績、待人態度、心理狀態、家人配合等。關注家人的配合是最困難的，因為缺乏與學生的家人近距離接觸的機會，這類機會很多時都是可遇不可求的。如採取等待機會的方案，便很容易錯過了「生命影響生命」的起步點。

　　呂校長接手元岡幼稚園後，在五個學生身上投放了很多時間進行家訪。在數之不盡的家訪中，接觸了很多很多不同背景的家庭和社會問題，亦幫助了不少家庭解決大大小小的問題。因此，呂校長在百忙之中執筆寫給大家閱讀的，絕對不是普通的故事，而是生命的分享。

　　她的言行和思維，代表了我解讀「教育」這兩個字的真實一面，而這一面早已被「贏在起跑線」的洶湧浪濤沖走了大部分。可悲的是，現今香港有很多家長都一窩蜂的拿學業成績為理由，扼殺了兒童的正常成長過程，而這短短幾年眨眼即逝的童年只會一去不復返。小朋友沒有能

力去爭取快樂的童年，這是最大的遺憾，但陪着小朋友成長的成年人是絕對有責任和能力，給予小朋友一個快樂的童年。

呂校長採用的混齡教育，與我推崇的 Misulo 探索教育理念不謀而合。在香港，要把學校的教育旅程從學術分數的比拼，變成無限的探索安排，是一件極不容易的事情。在校園內給予小朋友一個足夠大的探索空間，不難，但要在有限的時間裏去兼顧，真難。但混齡教育真的能夠做得到。

當我知道呂校長應邀在明報的「教得樂」版內執筆的那一刻，我心中有一種非常開懷的感覺。這是因為呂校長和我共享的教育理念從此多了一個額外渠道，能與更多父母分享。當然，除了教育，呂校長亦與我們分享了很多有關家庭教養、待人接物、社會問題等的體會。

【序七】

許櫻麗

資深幼兒教育老師

　　回想起七年前，我在報章上看到願領四千五百元月薪救校的呂麗紅校長，就深深被她那種無私的精神所吸引！她既是校長，又是老師、校工、書記，甚至是校車司機，幾乎是能人所不能！因為要一個人承擔起一間學校的運作，實在不是易事，能維持不倒閉已經是奇蹟。但這個奇蹟在呂校長身上，透過她對教育的熱誠、對孩子的愛、對基層家庭的關心，都一一實現了！

　　她的熱誠也打動我下定決心，鼓起勇氣要支持她。縱然當時仍未有發出招聘，但我仍硬着頭皮，憑信心在學校的臉書留言，表示希望可以加入這個充滿愛的團體，一起幫助更多有需要的孩子。面試後，發現校長是個很活潑、健談的人，跟我想像一本正經的校長完全不一樣！與她面對面的對話間，心裏不禁激動：對了！這就是我一直夢寐以求的幼兒教育學校，真正以幼兒為本，以愛為本，以生命影響生命的學校！

　　眼看香港的諸多名校，往往側重學術成績，為了追趕進度，每天不得不叫學生寫快點、食快點、行快點。我覺得不單小朋友成了做作業的機器，老師也成了沒靈魂的教官，每天只管追趕學生去達到學校的要求，為的是將來升小學時有更大的競爭力，但卻一直實踐不到以兒童為中心的教學，那麼我們社會的未來棟樑是什麼人？難道就是一班考試機器嗎？

　　所以，感恩天父讓我遇上校長，能和她合作教學。她是抵抗世界洪流的勇士，對學生不催谷，不倒模，因材施教，更重要的是，教懂學生在課堂及生活中，常常思考，常常感恩。

　　記得在課堂上教小朋友要跟人打招呼，收到禮物要説「感謝」，校長都會以身作則，每天早上在大門向每個家長、小朋友打招呼，小朋友也潛而默化地向每位探訪學校的善長或是朋友打招呼，有時候甚至還主動和他們聊天，介紹自己。

　　而在學校的園圃裏，校長也會拉起衣袖，親自到田中與小朋友一起翻土栽種，到新年時拔出一個個肥大的紅蘿蔔給家人過節，期間還能每天觀察植物的生長，也培養了他們愛護大自然和珍惜食物的價值觀。

　　小朋友能更實在地感受課堂，實踐書中所學，相信在香港這寸金尺土的地方，很難再找到一所這樣的學校。

　　校園每一個地方，都見到校長的心思。校長常常絞盡腦汁，只為讓孩子學得更好，玩得更開心。在學校以外，校長又常常安排戶外參觀或體驗活動，為的就是讓村裏較少外出的學生多一個認識世界的機會，豐富經驗，所以總會見到校長拿着電話，與社會各界溝通，集思廣益，凝聚力量去籌備不同的活動，讓孩子們，甚至是他們的家庭都能走出元岡，面向世界。

　　每每見到校長校務繁重，面有疲倦之色，但一到她迎接學生時，就會忘記這份疲倦，去擁抱孩子，親親孩子，然後似乎又能從學生身上得到撐下去的力量，露出笑臉。在她的帶領下，學校培育出一個個懂得生活，懂得去愛的人。從她身上我學到很多，對我來説，她不單是校長，更是我的老師，我的朋友！

　　希望看到此書的你能感受到呂校長的生命力量，不是單從欣賞的角度，其實我們每個人都可以做到：愛人如己，愛大自然，追求生命的豐盛，從這刻開始。

【自序】

夢想號 —— 開夢隨筆

小時候最怕老師問我:「你的志願是什麼?你的夢想是什麼?」

因家母從小教導:「人必須有自知之明」,自知出生於草根中之草根家庭,與其他同學相比,實在自慚形穢!可能我是一個懂事的小孩,總是不想增添父母的「麻煩」,所以,如果要分類,我就跟電影《五個小孩的校長》裏的嘉嘉一樣,對將來不敢夢,不敢想!

在老師的鼓勵下,我嘗試在現實生活的狹窄框框裏,鼓起勇氣抬頭看看這花花世界。心動了,原來有夢想,有目標,真是很令人振奮的!記得當時有兩個「心願」,作為一個窮家女,覺得「夢想」實在是太高級了,還是說「心願」吧!

一,是成為一名芭蕾舞蹈員。孩子的想法很單純,就是簡簡單單的因為芭蕾舞裙!粉嫩的輕紗裙子,總是美得像仙女一樣,真令我着迷!後來,知道成功的芭蕾舞蹈員或者是著名的芭蕾舞學院都是以英語上課

的，當時心裏一沉，英文很難啊！那可能只是屬於富家子弟的玩意吧！見識影響判斷，當時確是這樣想的。

意志消沉之際，老師又鼓勵我，「再想想你的志願是什麼？」夢想又再次萌芽！我想做一個作家。從來都覺得語言是美麗的，中學時代很喜歡看小說，亦舒的、衛斯理的⋯⋯趨之若鶩。無奈經濟拮据，惟有常常問好友借小說，或到圖書館登記借書。要知道，想當年沒有網上預約服務，真的要很虔誠才能達到目的，皆因借小說的人就如滔滔江水，連綿不絕！

每次看到自己喜歡的文章和故事，都希望自己能夠擁有作家的能力，正所謂「我手寫我心」，以運筆生輝的功力，用文字帶動着讀者的喜與樂！結果如何？我當了一位幼兒教育老師，而且這也成為了我的終生職業。無他，媽媽認為文人就與藝術家一樣，以此為職業有點危險，找不到生活嘛。而事實上，我也沒有太多的天份，老老實實地找一份老師的工作之餘，還能找到我個人的興趣和專業。

這就是我登上夢想號，尋找人生目標的一個小小故事。在夢想號上，幸好遇到一些鼓勵我去尋夢的老師！雖然自小在較現實、亦需要現實的環境薰陶下成長，現在您問一句，我仍然相信有夢想、有目標是幸

福的，這樣才算是有血有肉的人生！

　　雖然各位看到我好像是一個失敗的例子，我沒有圓夢，現在回想起來，當時希望成為作家是一種羨慕，卻不是我真正的志趣。在這個尋夢的過程中，我真正的認識了自己，感受到生活與愛。

　　現今的小孩是幸福的，也希望他們能夠得到父母的允許與祝福，擁有一張登上夢想號的門票！

目錄

第一章
校園苦與樂

第二章
一點感受、一點情

第／一／章　**校園苦與樂**

懷着對幼兒教育的初衷，每天都沉着應戰，以卑微的心
面對難關。時刻帶着喜悅，誠心誠意，走好每一段路，
沿途希望有您相隨，集眾人之力，給孩子期待的、豐盛
的、最好的未來。

圖片來源：Aaron Homma @ Flickr

教育之道無他

很多人認為與五個小朋友在一所破爛、將近荒廢的校舍裏工作，無論是對學生或是老師，都是艱苦的。表面看來，要完成每一天的教學，確實不容易，但是，對我而言，能親切地與五位小朋友共處，內心是無比溫暖的。身為一位負責任的老師，能夠認認真真地為學生的教育工作有所付出，甚至一手一腳為他們打點一切，夫復何求呢？亦因為只有五位學生，我有足夠的時間觀察他們，了解他們的特質和個性，這樣更能為幼兒計劃更適切的教育活動。

五個小孩各有個性。記得當時只是三歲多的一位 K1 學生給我的印象甚為深刻！

有一天，我和五個小孩高高興興地上大肌肉活動課，亦即是體能活動，當時我和高班孩子設計了一項障礙賽，包括連續跳呼拉圈、以一些小紙箱做成的自製障礙跨欄等，可能因為孩子們都沒有經歷過這樣的活動，所以特別興奮。因此，亦發生了我在這學校的第一次「流血事

件」。受傷的是她的同級同學,年紀最小的一位,她的膝蓋擦傷了一點,她那帶着長長彎彎眼睫毛的一雙大眼睛,含着一泡眼淚⋯⋯我敢擔保,誰人看了都不會捨得讓她受苦,於是我請她好好的坐在一旁,觀看我們繼續比賽,並休息養傷,另一方面,我也可以從旁照顧她,畢竟那時候,學校裏就只得我一人!

慢慢地發現停下來的不只她一人,還有那位三歲的 K1 學生,我有點不明所以,好奇地問:「你為什麼不來跳呼拉圈?」她卻走到那受傷的同學身旁,幽幽地說:「痛嗎?你一定很痛了⋯⋯又沒辦法跳呼拉

在玩搖搖板的孩子們和作者。

圈，是不是很悶？」然後又對我說：「老師我想陪着她！」我有點動容，年紀小小怎麼會有那麼巨大的同理心！

數月後，情況有所改變，這位小女生變得容易發脾氣，又沒有耐性，不時按捺不住就大聲罵同學，這一切我都看在眼內，惟有經常提點這位學生。直至有一天，發現她的書包裏有很多快餐店的免費紙巾、茄汁包等，於是先跟這位 K1 小女生探個究竟。她理直氣壯，還有點自豪地答道：「這些都是免費的，應該多拿一點，姨姨說這就聰明了。還有，上車就要衝入車廂霸位、搶位，這才夠醒目！」我聽了，只感到可惜，因為小女孩的優點彷彿都消失了！

這小女孩天性不錯，只是換了照顧者。所謂「學好三年、學壞三日」，小女生出生就由一位有心的同鄉阿姨照顧，阿姨回鄉了，就由另一位阿姨養育，教養方式和價值觀直接影響了這位小女生的行為。

記得幼教之父——德國著名教育學家福祿貝爾曾經這樣說過：「教育之道無他：唯愛與榜樣而已！」您能體會到嗎？

唯愛與榜樣

　　曾經收到一個邀請幫忙的來電，是一位相熟的電視台女記者，她負責的是時事節目，節目一向備受好評，可說是陪着香港人一起成長。這位記者小姐希望做一個特輯，關於香港的離婚狀況。不說也不知道，根據二〇一六年的調查，亦是最新的報告，原來在香港這個小城市，每五對夫婦就有兩對離婚，離婚率於全球排行第九之高。

　　記者小姐說：「今次專輯不會邀請一些專家——什麼婚姻顧問、家庭社工、心理醫生來解說如何可以執子之手，與子偕老，因為他們所說的，大家都清楚！」好一句「大家都清楚」，心裏卻有點鬱悶，大家都知道，就只是做與不做！

　　這回，記者小姐希望從家中兒童的角度，看看他們在一個離婚或將會離婚的家庭裏成長，當中，子女會有什麼感受？日子又是怎樣過的？透過這些孩子朝不保夕的生活，從而希望喚醒夫妻對婚姻，甚至愛情的反思。

這個議題非常重要，對孩子來説，「家」是無價的安樂窩，「家」應該是安安樂樂，能給孩子安全感和溫暖的一個好地方。但是，有些父母滿以為孩子年紀尚小，什麼都不懂，於是經常每天吵吵鬧鬧，其實這一切孩子都看在眼內。

記得有一位學生志奇（化名），曾經看過他由一個開朗的孩子變得沉默寡言，甚至在課室的角落飲泣，原來就是害怕他的父母吵架，甚至動武。記得那天，志奇眼神憂鬱無助地説：「我怕成為孤兒，永遠見不到親愛的爸爸媽媽！」我聽了，只能別過臉強忍眼淚，志奇只得四歲！

曾幾何時，我也拉着妹妹的手，被媽媽趕到門外，一向慈祥的媽媽突然説：「聽見什麼聲音也不要進屋裏去，知道嗎？照顧好妹妹！」然後，就聽到屋內非常嘈吵，甚至有些東西被擲破的聲音……這時候腦裏浮現了不少新聞，報導着一些恐怖的家庭倫理慘案！

時移世易，大千世界，社會好像沒有進步，家庭倫理沒有最差，只有更差，眼前的志奇依然一樣恐懼。

其實婚姻的成功與失敗，沒有分上層、中層或是基層的家庭，只有分願不願意為將來而付出的愛侶和有否勇敢去愛！

記者小姐請我幫忙的，是希望我可以物色一些受訪對象。我覺得可以幫到更多的，就是在這裏與您分享，想想「家」是什麼。您與伴侶努力建立的家和您的心肝寶貝是不是最重要？您可以為此付出更多嗎？

作者和學生的合照。

一起製造希望

　　要打理一所村校，所經歷的確實跟一般學校有所不同。剛剛又收到教育局的來函，要求執行屋宇處的要求，進行三年一次的校舍結構檢查。由於舊式村校校舍一般不需要入圖則，所以屋宇署並沒有學校的建築結構資料，因此，必須三年一次，作出專業性的檢查。

　　以前在名校工作，資源較充足，人手的安排也合理，要辦公事得心應手不在話下。來到這村校，還要處理各種各樣的特殊問題，確實不容易。

　　在多年來各界有心人的支持和我的教育團隊的努力經營下，今天這所村校已經進步了不少，今日手執信函，別有一番滋味。

　　回想在二〇〇九年，初初來到這所村校，人生路不熟，資源之缺乏，實在罄竹難書，而當務之急，卻是肩負起五個小孩子的教育問題。正在頭痛不已之際，便收到這封重要函件，要知道政府的信件一般都未

舊元岡幼稚園。

能一看就明白的。猶記得當時正有一百位見義勇為的義工為學校翻新校舍,大家一鼓作氣正為着孩子而努力之際,我卻收到這封信件。一拆開信件,只有一頁紙,且得寥寥數字,但是內容卻十分震撼,因為上面直寫着根據屋宇署第幾條條例,這個建築物不適宜作為學校校舍……

看了這封信,再望一望眼前一百位正努力的義士,真是「個心都離一離」,完全體會到頭昏腦脹、天旋地轉的感覺!

還記得當時我問自己,我下定決心不再做教育的逃兵,來到這裏踏踏實實地為有需要的孩子作出努力,要做一個堂堂正正、有承擔的老師。現在卻告訴我,這裏不宜做學校,這所村校不是已經有數十年的歷史嗎?在過去的日子裏,不是已為不少有需要的孩子締造了學習的機會嗎?

是誰給我開這麼大的一個玩笑?

我誠實地把這封信交到義工手上,正所謂「一人計短,二人計長」,滿心想與他們一起拆解危機,但義工看了卻不以為意,拋下信件,又再返回崗位,繼續努力為孩子翻新校舍。

翻新中的校舍。

好吧，我也拋下心魔，繼續翻新工作，什麼泥水、批盪油牆、畫壁畫等等，忙個不亦樂乎。群策群力，顯出力量，一時間什麼憂愁都拋諸腦後。

經過兩天時晴時雨的日子，像《粉雄救兵》一樣，火速把學校翻新過來。身軀雖然辛勞，內心卻是溫暖無比。

翻新後的元岡幼稚園。

　　靜下來，想一想，總得解決問題，看到信上署名的是一位陳女士，於是我小心翼翼地致電找她問個究竟。我當時心煩意亂，電話筒的另一邊卻傳來嘻嘻笑着的聲音，陳女士不急不忙地對我說：「呂校長，這是政府一般使用的公函，事實上也使用了很久了……其實你可以在網站查一查，找一些指定人士進行例行檢查，然後交一份報告給我們，那就可以了，嘻嘻！」對話完了。

　　這位公務員的態度相當不錯，但是當時我卻很想講粗口，雖然我成世人也沒有說過。

　　相信這封「一般性的公函」，也如同一些創科法例一樣，已沿用了好幾十年吧。

　　重要的問題當然要立即解決，於是我事不宜遲，找村長校監取經。校監給我重要的貼士，說前人都是找一些相熟的專業人士處理，一般收費六千元，相熟的可以便宜一點。六千元……當時學校的戶口大約有六十九元，我哈哈地笑了出來，不知是因為樂天的性格，還是因為預想到日後的路途更艱辛！

　　抽絲剝繭後，我總算有了方向，找到朋友以象徵式收費處理好這個難題。

　　這天更是幸運，已相約好專業人士，義務為學校作結構檢查，下個星期便有報告了。別以為義務工作便會馬虎，反而老闆親自到場，細心為學校校舍檢查結構，務必要讓孩子在安全的環境中學習，工作態度真是認真。在老闆身上，我再一次看到香港精神，遇到同路人，總是心照不宣。

真是感恩社會上有心、有力的人，總為身邊的人帶來希望！

在玩跳飛機的學生。

我看混齡教學的
優與缺

　　我對混齡教學的認識，始於大學時期的「比較教育」那學科。當時導師先介紹了一些具特色的或是先進國家的教育及其教育體制，然後就讓我們選取感興趣的教育模式進行研究。還記得我和我的組員選取了德國教育，作為其中一個研習的主體。德國教育的成功，可見於芸芸的諾貝爾獎項，當中有不少都是德國的學者。根據紀錄，截至二〇一七年十月，總共有一百〇六名德國人獲得此項殊榮，德國教育備受世界各地所推崇，其成功可說是不言而喻。至於成功之處，其中一項具德國教育特色的就是混齡教學。

　　在國際學校工作期間，曾到過一所蒙特梭利中心的學校。正統的蒙特梭利學校，必定以混齡教學的方式來進行授課，這也是我在工作上，初次實踐混齡教學的一個實際經驗。

以混齡教學方式學習的學生。

　　來到這所村校,在最初的時候,由幼兒班至高班,就只得五個學生,如果將學生強制分班,我認為學生在同伴互動、社交發展等的範疇上,都會遇到很大的困難,得不到均衡的發展。相信這也是運用混齡教學法的最好時機。

　　現代家庭的父母多是只生一個孩子,與我們舊家庭那種兄弟姊妹眾多的情況有別,獨生兒難免缺少不同年齡的學習對象。從前當大哥的,會自動自覺照顧小弟弟、小妹妹們,不其然責任感就會自動培養起來;做弟妹的,對哥哥、姊姊總是帶着幾分尊敬,因為他們能感覺到兄姊的照顧。人總能夠感受到無私的愛,感情與感受都是潛移默化的。

　　時移世易，這種自然成長的家庭環境和長幼有序已不復見，反而因為孩子是獨生兒，是家中的瑰寶，集萬千寵愛在一身，人人愛護有加，以致孩子不懂得與人相處，只懂順勢接受別人的愛護，而不懂付出，這情況比比皆是。

　　混齡教學正正提供了一個自然的環境，讓孩子有不同年齡的玩伴，他們同時也是學習的對象，就像一個家庭。但是混齡教學的概念與一個家庭的環境相比，更有優勝之處，就是因為身分是會調換提升的。在一個家庭裏，哥哥就是哥哥，弟弟就是弟弟，這是不會轉換的。但是在一個混齡的學習教室裏，隨着年齡的增長，幼兒班的小弟弟也有成為高班哥哥的一天。

年紀大一點的孩子會帶着幼小的玩耍和學習。

　　而且，每個孩子都有其亮點，在不同的學習活動裏，當其優點顯現之時，他就會成為帶領者。我總不相信有孩子什麼都是「包尾」的，所以，在混齡教室裏，沒有永遠的弱者，這樣也能令孩子更容易建立自信心。有了良好的自信，也就提升了其他的學習方面，相互影響，相得益彰，這是良性的循環。

當孩子的優點顯現之時，他就會成為帶領者。

　　在混齡教室裏，因為身邊的同伴比自己年長，口語發展當然相對較佳，和這麼好的同伴一起學習，幼小孩子的語境必定比一般同年齡的更豐富，語言能力也會發展較佳，這也是我在這十年來，運用混齡教學法所見的成效之一。曾有教育局的同事到來觀察，亦有此同感和評語。

　　凡事都有兩面，混齡教學對老師的能力要求較高，因為老師需要了解不同年齡的不同能力與發展，如果老師拿捏得不好，反而會影響孩子的發展，這是必須要注意的。老師亦要掌握針對不同學習差異的教學技巧，這才能夠事半功倍。

　　香港的幼教老師是專業的、有愛心的，要施行混齡教學應該不會太困難。「世上無難事，只怕有心人」，希望在可見的將來，有更多學校採用這個合時順勢的教育法，造福莘莘學子。

談混齡教育的成果

　　九月開課，明明只是莘莘學子上學之初，但教程已經很緊湊，孩子們也要嘗試進行「走火警」的訓練。火警演習與混齡教學又有何干呢？在這裏跟您分享一些混齡教學的成果，以具體的例子，讓您感受混齡教育的點滴。

　　火警鐘響起，低、高班的孩子，因有了過往的經驗，已經明白到火警演習的要求及所需的行動，所以，一聽到火警鐘狠狠作響，他們都懂得放下手頭的「工作」，開始迅速地走到課室門前集隊。

　　就在此際，我看到一位高班的哥哥機警地站了起來，把椅子順勢放好，炯炯的眼睛四處尋找着老師的所在。此時，他發現身旁有一個幼兒班的同學，這位高班的哥哥二話不說，伸出小手，冷靜地說道：「跟着哥哥走就好了，來！」小小的幼兒，雖然剛剛也聽過老師溫柔地講解什麼是火警演習，但是始終未有經歷過，難免有些慌張，但是在同輩的幫

助下，這兩個孩子手拉手的向走前。這次火警演習特別順利，當然也相當溫馨。

因為我這所村校的地方特別有限，我沒有自己的校長室，就只有一張小小的工作枱，坐落在課室的一角，旁邊正正是學生的「自學角」。在恆常的課堂裏，我常常聽到以下的對話：「是這樣摺的，然後用手壓平，你跟我做就可以摺到一朵花兒啦，我是姐姐啊！」、「啊！是啊，好像一朵花啊，真美！姐姐你好叻……姐姐，『花』字怎樣寫？」

有時候，幼兒班在活動後，會把鞋子左右調轉穿上，老師發現了，都不會出手，因為這時哥哥、姐姐們都會主動幫助幼小，替他們把鞋子正確地穿上。那些幼兒班的小寶貝，像公主、王子般，享受着哥哥、姐姐為他們服務，臉上的笑容特別甜美！

當有插班生的時候，老師都會事先告訴班裏的同學，幼兒班的孩子總會特別興奮。他們睜着大眼睛，期待着新同學的到來，並且會天真爛漫地向老師發問：「新同學來了，我們是哥哥、姐姐，那我們是不是可以照顧他呢？嘻嘻！」

您不難感受到，孩子正盼望自己能長大，照顧他人。

剛剛過去的周末，難得邀請到鄺美玲導師教授同學製作羊毛纖維藝術畫，鄺導師課後也向我提及年長的同學特別照顧幼小，令她很感動。我也認為能互相關懷的孩子，是最美麗的！

教育不應該單單是知識的傳授，以做出一張高分的成績表為目標，更有價值的，是認識生活、珍惜生命，對日後的自己有所要求，盼望着能健康成長，愛護、關懷他人，也明白到自己是有價值的，這才是教育的最終目標。

不同年紀的孩子混在一起玩耍和學習。

超級直升機

　　教書數十年，真是什麼類型的家長都見過！別以為最奇怪的家長一定是在名校任教時才見到，剛好相反，竟然是在這所平實的村校遇上。

　　當時學校只得十來人，簡簡單單過着愉快的學校生活。

　　新學期開始，又多了幾位學生，一般來說，開學第一天總會有些新生害怕別離，哭着上學，但是在這所像被祝福過的村校，學生們總是開開心心的上學，即使是新生，也很少哭鬧着不要上學。

　　幾天過去，就有一名新生缺席。正想打電話聯絡家長查詢，恰巧這位家長就按門鐘，還帶着女兒過來說要上課。我心裏奇怪，這位新生妹妹是上午班的學生，怎麼下午才來上課呢？而且那鐘數已經過了下午班的開課時間。我帶着許多疑問，上前開門。

　　我正想問個清楚，怎料那位太太已經搶白說，這幾天沒有上課不好

意思，因為她的女兒還未準備好，現在睡醒了，女兒又說「想返學」，所以特意前來上課。我聽得一頭霧水、滿是疑惑之際，那太太又開始說話了，似有難言之隱，又希望我能配合的模樣，不時向我擠眉弄眼，我聽着她的話語，看着她離奇的表情，我相信自己那時一定是雙眼睜大放光，嘴成 O 型，當時的表情一定是相當離奇又惹笑。

她說：「是不是穿粉紅色的鞋也可以呢？因為她不想穿那個色的鞋，粉紅色都可以的，是嗎？」太太溫柔地指着女兒。原來是孩子想穿粉紅色的鞋上學，我明白了。小孩子離開家庭，初初接觸「社會」，有一些小孩可能需要多一點時間來調適，這我是明白的。於是我禮貌地答道：「粉紅色的鞋也可以，然後慢慢才穿回黑色的⋯⋯」

當我說到「黑」這個字的時候，那太太就立刻打斷我的話，「不能說！不能說這個字，不可以的，我女兒聽到就不高興！」我看看小女孩，她又沒有怎麼樣，但太太卻極力地解釋，說平日女兒一聽到這個顏色（黑），就會大叫大哭，歇斯底里，真的真的不能說，還請我們幫幫忙，日後也不可以提及這種顏色。我再看一看小女孩，她並沒有異樣的情緒，因為她已經開始探索色彩繽紛的校園，如其他孩子一樣好奇。

黑色、粉紅色慢慢才算，還是先說上課的規定。在我耐心地解釋

後，媽媽明白到應該讓小朋友養成對日期、時間的觀念和守規矩的態度，所以請她還是於上午九時前回校上課。接下來，那太太偶爾依時地帶着睡眼惺忪的女兒來上學，並且要求學校讓她留下來陪着適應新環境的女兒，我們也從善如流，讓兩母女一起上學。接下來，是我遇過最精彩的家長事件簿。

那太太每天都向老師有禮貌地「訓話」，由說話方式至茶點食物，到課堂教學形式，無一不顯現那太太的獨有教育風範。當然，我們是專業的團隊，不會胡亂給她牽着鼻子走。

有一天，在愉快的學習課堂上，小妹妹可能是太投入活動了，所以忘了要求上洗手間，結果就在活動中撒了尿。媽媽慌忙地為她打點善後，什麼新校服、內衣褲、襪子，一應俱全，她從那個像是叮噹的百寶袋背囊裏，把東西一一取出給女兒換上，唯獨是沒有後備的鞋子。女兒不滿媽媽做得不夠好，踏地撒嬌，大哭大叫，媽媽苦着臉，連忙向女兒道歉，跟着雙腿一彎，蹲在地上，用手大力地在地上拍打，邊打邊大叫：「是媽媽不對！是媽媽不好！忘了帶鞋子給你替換，媽媽最衰！」相信當時我的表情一定是反着白眼！

這幾天上學，都是先讓新生妹妹適應學校生活，只上一個小時或是

個半小時的課，就讓新生妹妹回家休息，所以，小妹妹根本沒有在校內上過洗手間，亦即是幼稚園的「排洗活動」。直至如常上課的第一天，在三個小時的活動裏，小妹妹也需要排洗，就在這時候，太太對我們說：「我女兒不習慣用別家的廁所，所以⋯⋯」這個時候，她在百寶袋背囊中，拔出一件「神器」，相信您怎麼也猜不到，那是一個白底配上紅牡丹花的痰罐！

「直升機家長」這個名詞是美國七〇年代開始萌芽的產物，香港的家長似乎青出於藍。別以為這位太太沒有受過教育，她是一位設計師，可能是中年得女，所以對女兒格外愛護備至，又看中我校人數不多，正正可以發展她的無縫養育法。

與那太太傾談良久，我這個校長最不能隱瞞事實，直接指出未準備好的不是她的女兒，而是她自己。這位超級直升機家長未有放開雙手，讓孩子走自己的路，經歷學習成長。在成長路上，總要讓孩子親身體驗，跌過、痛過才能活出真我！直升機家長，請您落機着地，不要再於空中盤旋，着地後，也要放開雙手，這樣您會看見您的孩子，比起在空中看到的，必定高得多，有能力得多！

學生和作者的開心大合照。

創意與甜薄餅

您有否記起「This city is dying」這金句？

　　學校裏，老師和孩子們正進行專題研習 project approach。在資料搜集後，發現 pizza 有很多不同的做法，除了傳統用茄醬、芝士、辣肉腸做的薄餅，孩子們以赤子之心，設計了甜 pizza，加上士多啤梨醬、朱古力醬等，形形色色，創意無限。

　　剛巧有一教育局官員到來視察，雖然不是恆常教務的考核，但是，這位官員卻拉我到一旁，説忍不住要給我一些教學上的意見，因為他未入政府工作、為教育界「貢獻」之前，是某大學幼兒教學系的講師。他説小孩子太過天馬行空，憑空想像，什麼士多啤梨醬、朱古力醬餅底等等，這些又怎會是薄餅呢！還説，學生課後根本學不到什麼。我聽了之後無言以對，因為我深信，其實他想説的是我們教壞細路。

　　沒有創意的明天，您能否想像社會將會變成什麼樣？或許是一個大

型工廠，複製着許多有限度的人民和生活模式。千篇一律的產物，就是我們所說的效率。

生活發展愈趨狹窄，學習以捆綁着職業的出路而叢生，追追趕趕之際，與生俱來的創意都被辜負了。

創意的動力，實際是便利生活的意念。智能電話的產生，就是教主喬布斯每天問老婆：「你想你的電話有多好用？」於是就創設了 iPhone，改變了全球人類的生活，這就是創意。

教育是社會的未來，香港這個大城市，在超英趕美的精英心態思想下，創意似乎沒有出路。這個社會的發展反而背道而馳，令生活變得更為狹窄。求學只為求職業的出路；上學不是為了領悟做人的道理，發展整體更好的生活，而是找到個人的高薪厚職。人們追求物質的享樂，已經背棄了個人天賦的本質，只求物質生活的享受，盼望留在 safety zone，離地之極。

事實上，早在一九四〇年代的戰爭時期，英國南威爾斯已經有甜薄餅 sweet pizza 的專門店出現，這個創新 pizza 除了拯救了家族生意，也表達了意大利移民人士對鄉土的思念之情。

沒有創意的明天，this city is dying ？

希望大家加把勁！ Sweet pizza、iPhone，都是一個個創意的啟示！

質素評核

　　相信校長們聽見學校質素評核（QR），都會感到莫名的緊張，即使對恒常教育工作非常有信心，管理層與老師職工們合作無間，關係如魚得水，也難免有一點憂慮，原因是不知道來作評核的教育官是何許人也，一旦大家的觀點角度有所不同，便會影響學校能否繼續參與優質幼稚園教育計劃，直接影響教育資助，對我們這些基層學校而言，可説是生死存亡，不容有失！

　　一月底二月初，就經歷了這個重要環節。起初十分憂心，因為在一月中旬，剛好遇上一個不喜歡創意甜 pizza，又認為非華語學生是要分開來特別教導，亦即是不認同融合教育的一位特別品味教育官員，如果QR 內的三位專員也有這樣的看法，那叫我們如何是好？

　　對於我校的教育理念，我是堅定的。對於我們的老師，我是非常有信心的。老師位位青春無敵，又不失豐富的教學經驗，還憑着一顆顆教育的初心來到這個資源不多的村校，為的就是真正以兒童為本的幼兒教

育，但謹慎勝於一切，生怕有出奇不意的暗湧，所以我們上下還是戰戰兢兢地迎接這次挑戰。

這三位幼兒教育專家來到這所村校進行評核工作時，剛巧遇上寒流襲港，錦田的氣溫就只有五、六度，真是冷得叫人牙關打震，但這三位女士並無畏懼，每天一清早就來到學校，專業地考核我們的教職與管理。

她們細心地觀察，發現剛剛上課三數月的幼兒班小朋友能踴躍地舉手答問，參與活動，又看到非華語的學生充滿自信地跟她們以廣東話問好交談；看到幼兒們能互相愛護，高班的哥哥、姐姐搶着替幼小的弟弟、妹妹穿好鞋子，分享玩具，真正發揮了混齡教學的好處；又發現乘搭保姆車離開學校的幼兒，在車上都依依不捨地跟她們揮手道別……這一點一滴，除了讓我們順利通過質素評核，對我來說其實是看到教育的希望。重要的是因為她們的觀察與評核，亮點都是放在孩子的學習態度和其適齡的反應。這觀點對我來說，就像是告訴我，香港的教育還是有希望的。

可能對很多家長來說，小朋友能夠舉手答問，與陌生人傾談，又或是樂意幫助他人、同伴，那又有什麼了不起？對成績表上的分數有幫助

嗎？其實幼兒教育最重要的就是進行社會化。他們都從自己的家，一個小小的系統踏進一個外系統，即是進入社會，與別人一起成為社會的一分子。個人的態度、信心、能否顧及別人的需要和感受，這些才是最重要的。一個真正以兒童為本的教育者或是父母，還需要在乎孩子那時候學會了多少個英文字、學到幾級鋼琴嗎？孩子有了積極的態度和正確的人生觀，那還用擔心他們不會主動去學？

在戶外給三位幼兒教育專家工作的帳篷。

　　最後，還是要感謝這三位巾幗不讓鬚眉的女教育官，在嚴寒的天氣下，因為地方有限，只能在戶外的一個帳篷內工作，我們也只能以膠布圍着帳篷，為您們擋住寒風。謝謝您們的專業！用心的做，萬歲！

您也是創作大師

　　一年一度的校園盛事——親子旅行，我總喜歡安排在紅棉盛放的三月天舉行，天氣和暖之餘，家長和老師的情誼也經過多月來的磨合，漸生默契，互相支持。幼兒班的小寶寶也日漸成長，在春暖洋溢的郊遊旅行中，能走得更穩，玩得更開懷。

　　今年我們選了與家長、學生們到一個別開生面的農莊，農莊內有各式各樣的小動物、昆蟲、鳥類等。步行到農莊的十分鐘腳程裏，更需要經過一個大型的豬場，一欄一欄的豬舍，養育了肥大的豬先生和豬太太。在現今香港，真是難得一見，眾位豬先生、豬太太的氣味更是令人久違的「芳香」，真是未入農莊，大家已先興奮！

　　甫到達莊園，莊主已急不及待安排大家來做紅豆砵仔糕。一份一份的材料早已備妥，家長、孩子們按序把材料混合，放上紅豆，砵仔糕就差不多完成了。孩子們小心翼翼地把一小砵、一小缽未成形的開料放在盤子上，等候柴火蒸熟。

跟途中遇見的豬先生、豬太太 say 個 hi。

用柴火把砵仔糕蒸熟。

孩子輪流拿自己做的紅豆砵仔糕。

　　莊主接着來一個艾草茶果，孩子們做得起勁，三扒兩撥已經把麵粉和艾草汁混和，搓成麵糰。問題來了，莊主叫大家把粉糰搓成茶果，放在芭蕉葉上，然後就可以拿去蒸熟了。莊主說得開懷，家長卻苦着臉，茶果是怎樣的？大家臉上充滿問號，有家長按捺不住問：「要怎樣做呢？」莊主答得可愛：「你的茶果，你喜歡啦。」香港人習慣了什麼也

有指引，畢竟跟着做便不會出錯，現在要您自己創作、思考，真是為難，反而沒有思想束縛的孩子們已迅速行動，笑嘻嘻的把麵粉糰搓成圓圓的、長長的、捲起來的⋯⋯一個又一個的特色茶果，有的甚至搓出自己喜歡的卡通人物，愈做愈快樂。

　　孩子們能興高采烈地創作自己的茶果，這與學校發展創意和自信心的項目不無關係。在日常的學習裏，活動處處滲透着賦予孩子創作的機會。

孩子們把麵粉和艾草汁混和。

孩子們把麵粉糰搓成一個又一個的特色茶果。

您準備好創作您的茶果了嗎？

　　創新源自於創意，創意來自創造力，創造力的內涵強調的是愛。在愛之內，是嘗試了解對方的思想，包容多樣的想法。在此愛的環境下，可讓孩子培養細緻的觀察力和自信心，勇於嘗試。在日常生活裏，家長不妨按捺着您的想法，讓孩子嘗試細心觀察身邊的人和事，讓他先説出自己的想法，多點鼓勵，以增強孩子的自信心和被愛的感覺。事實上，創意沒有錯對之分，多點接納與尊重，不讓孩子的希望落空，就是最好的創意培育。

　　擁有了創造力，莊主再請您做您的茶果，您就説：「來吧！」

愛是這樣甜

　　這天，學校教小朋友做甜點，老師一早準備好材料，之後就跟小朋友焗蛋糕。小朋友個個都有份落手落腳做甜點，所以心情特別興奮。最後，當然是大伙兒一起吃了這個美麗又可口的甜點！

孩子們落手落腳做甜點。

低班的女孩樂樂吃過甜點後，手裏拿着兩張精緻的貼紙，走到我的身旁說：「呂校長，老師給了我兩張貼紙，人人都只得一張，我卻有兩張，你知道為什麼嗎？」樂樂臉上掛着腰果似的雙眼，笑得如花般燦爛，續道：「老師說我特別關心黃老師，所以多給我一張貼紙。」

小孩子得到喜歡的禮物時，總是特別歡天喜地。

無獨有偶，友人陳太太剛剛學了一個教導小朋友的方法，興奮莫名地跟我分享，我本來還以為是什麼新的教育方法，原來是行為學派，以增強物增強正面的行為，或以不想預見的後果消弱兒童的負面行為。

導師還具體地教導陳太太，可以誘導家中的孩子幫手做家務：如果做了家務就給他一張貼紙，並預告總共有十張貼紙，如果天天幫忙，就可以得到十張貼紙。貼紙就是增強物，用以增強孩子的正面行為。如果孩子懶惰、沒有責任心，有一天沒有幫忙做家務，就可以取回昨天給他的貼紙，並對他說：「貼紙應該是給我的，因為你沒有做家務，做家務的是我，所以貼紙應該是給我的。」

陳太太覺得這個方法應該是雙贏，是能有效教導孩子有責任心的方法。

對此，我卻有所保留。其實這個例子在執行上是可以的，但是卻遺忘了最重要的一點，就是孩子完成任務不是只想得到自己喜歡的禮物，最重要的是讓身邊的家人開心，且愛這個家，這才是重點。禮物只是錦上添花。

又或者在沒有做好工作的那一天，就取回他的心頭好，這也是貼合了行為學派使用不想遇見的後果，來消弱孩子的負面行為。但我怕長此下去，孩子與家庭的關係會變得緊張，而且也未免過於功利。

我認為應該向孩子解釋：「因為你沒有做好自己的工作，媽媽不開心了，這個貼紙也先留着，待你更努力，到時貼紙也會喜歡跟着你這個有用的小主人！」這樣才能帶領孩子走上正確人生觀的道路上。

正如低班的樂樂，原來當她在享用美味的甜點時，還記起在鄰班的黃老師整天在教授寫字，未能到來享用這甜點，所以請求老師，讓她送一件小蛋糕到黃老師的班房，給她享用。就是這一份情，讓她多了一張貼紙。

愛就是這樣甜！

課堂與天堂

您認為天堂是什麼樣的？怎樣的環境才算是天堂？

立輝這天又回母校來探望我，轉眼間他已經畢業兩年了，現在是一名小二學生。

立輝是一個陽光的男孩，為人熱情，且樂於助人，常常得到老師的讚許。對於小學的校園生活，立輝是適應的，在他心目中，能成為小學生，絕對是「大個仔」的表現。所以，對於升上小學，他感覺是美好的，更幸運的是家長為他選了活動教學的學校，讓孩子能有主見，有發揮的機會，活潑開朗的立輝如魚得水，每天都喜歡上學。

每次我見到立輝，我都會問他喜歡新的學校嗎？他總是歡天喜地回答說：「很喜歡，好像天堂一樣！」他真是心直口快，童言無忌。

另一個畢業生小喬，已經是四年級的小學生了。記得去年她也來探

望過我，今年看到的小喬，愁緒好像比去年又多了。她是一個聰明伶俐的小女孩，父母也懂得教養，所以小喬一向都是受歡迎、品學兼優的好學生。但自從小喬被編入精英班，她的壓力便日漸叢生。其實父母只希望小喬開開心心地成長就好了，但是小喬自己卻一直希望成績只能向上，不可停滯，成績倒退是不可能出現的。

原來現在的學習，一百分並不是終極目標，挑戰自我是沒有上限的，看看你能取得多少分數，愈多愈好，永無止境。起初小喬也充滿興趣，很喜歡挑戰，但是日子久了，無休止地向上攀越，千峰萬壑，連綿不絕，真是何處是頂峰？唯汝獨尊，談何容易！

天堂與地獄，只是一念間。其實，自我挑戰如果適得其法，不要自我製造心魔，是可以讓人提升個人能力的，那是良性循環。

與此同時，其實也不必沒趣味、盲目地追求，追求自我突破時也可以來一個平衡。

話說回來，小喬畢竟只是一個十歲出頭的小孩子，還希望家長與老師們在激勵孩子上進之餘，也不忘送上鼓勵、讚美與心靈雞湯，讓孩子在沿途優美的學習跑道上，展翅翱翔，享受學習的樂趣。

　　事實上，在適當的時候停下來稍作休息，來一個反思自省，也未嘗不是一個持盈保態，再創高峰的好方法！

　　輕帆泊岸閒休，停下來是為了走得更遠！

勞逸結合，享受學習的樂趣，才能走得更遠。

為孩子發聲

「明天是英文科小測，嘉諾近來有大意的情況出現，請家長特別提醒嘉諾，聽卷時必定要小心、留神，以免因無心之失而失分。」晚上時分，陳老師還特意打電話給嘉諾媽媽，看來陳老師算是個盡忠職守，關心學生的老師吧！但嘉諾媽媽卻認為，現在的學校、老師把分數看得特別重！孩子壓力很大！

原來嘉諾是小學三年級尖子班的優秀學生，聰明不在說，他也是一名體育健將，可說是文武雙全，打得又睇得。就是最近發現嘉諾的左耳聽力出了狀況，正在不斷檢查，醫生經過反覆檢驗，懷疑嘉諾是傳導性失聰。這個家庭一向重視讓孩子自由、健康地發展，從來都只是正向培育嘉諾，不會揠苗助長。只是大圍氣氛沉重，孩子壓力重重，「求學不是求分數」只是空談口號，家長不要求滿分，但尖子班的老師卻是不容有失，一分也不能少。

嘉樂媽媽也就是心裏有點不舒服，怎麼老師不體諒學生是因為耳疾

問題？英文科內「聽」的部分取不到滿分，就認定是不小心，明明是出了問題，怎麼不接受，不關心學生？嘉諾可能是有失聽的耳疾問題，家長接受了，反而老師卻不能接受，還是希望催谷學生，達到尖子班優秀之中的最優秀，大家都在惡性競爭！病童及其媽媽需要什麼？他們盼望看到的，是影響孩子的老師能多點關心和鼓勵，還有正確的價值觀，這樣反而更為適當和真正實踐到「教育源於愛」的理念。

以廣義來説，學校是學生在進入社會之前，身心受教育的場所。在孩子這個重要的成長期，家庭、學校、社會，三足鼎立，是形成學生人格、態度、價值觀等，影響一生的重要發展，三方面的影響甚為深遠，不能輕視。眼見現在的學校，似乎都在「盲搶分」，總之為了達標，取得好成績才是首要任務，教書是為了育人，只是大家寫文章的標語吧！

也聽説過從前是尖子的學生，因為一場大病，成績倒退，因此受到學校的「冷漠」對待，老師過往的熱情和貼身的支持與鼓勵，都如煙幻滅的消失了。對於心智未成熟的孩子來説，真是莫大的打擊，更可能是不能承受的輕。在學校已經經歷那麼功利的遭遇，我怕我們的未來主人翁會一個個變成社會的負資產：能生存的，懷着「不是你死就是我亡」的心態繼續往上爬；敗寇則帶着怨恨，在這個小城市忍辱偷生，掙扎求存。

　　想起了獅子與羊的故事，是結局還是定局，事在人為。奉勸明智、愛孩子的家長，既然有家長能要求學校增加功課以提升競爭力，您也應為孩子發聲，對學校說功課已經足夠了，甚至乎已經過多，請讓孩子好好的做一個懂得愛人、愛己、愛生活的好人！

孩子把心中的祝福呈現在畫紙上。

讓孩子學懂愛人，愛己，愛生活。

瀟灑走一回
之悠長暑假

　　悠長假期自由自在，小時候並沒有什麼暑期活動，那時候，我常常思考一個問題：暑假那麼長，我身為學生，除了做功課，接着就是悶悶的日子，每天如是……那麼，校長、老師們又是怎樣過的呢？他們連暑期作業都沒有啊！小孩子，就是這麼簡單、天真。

　　從前我的老師們怎樣過，我依然沒有答案。現在的情況我就知道，原來是忙個不停的。暑假趁機維修教學設施、用具，裝修校舍不在話下。

　　我的學校在畢業禮過後，就是學生的暑假，雖然老師們在教學上可以鬆一口氣，但是工作未有停下來，接着是開會，總結一年的工作和展望來年的發展項目，會議一個接一個。會議完畢，就是整理課室、教案……諸如此類，沒完沒了的工作。身為校長，除了要主持各個會議，

我亦馬不停蹄，帶領一些學生和家庭到內地瀟灑走一回，常言道「讀萬卷書，不如行萬里路」，趁着這個假期，正好邊學邊玩耍，走出教室，與學生看看世界。

在這兩日一夜的旅程中，與家長、學生們朝夕相對，別有一番情誼。

這個遊學團，本以為是讓學生開一點眼界，認識更多香港以外的事物，怎料原來大鄉里入城的，還有我這個呂校長。

回到內地，發現商廈林立，公園設計優美有序，與香港真是天淵之別。地大物博就是一個很好的條件，可塑性高，再加上內地經濟發展迅速，一日千里，真的開了眼界的人是我。當我嘖嘖稱奇之際，家長們反而比我更熟悉廣東省的情況，向我一一介紹，例如東莞厚街的臘腸十分著名、佛山的石磨豆漿和豆花是不可以錯過的……讓我這個領隊啼笑皆非。不過，亦有些「景點」是學生和家長們未有見識過的，好像是參觀了臘腸製作及食物博物館，還到訪了一處水鄉，認識了一些水鄉鄉民的生活，他們前舖後居，自給自足，簡約的生活甚有特色。

是次遊學團我們是從深圳灣出、入境的，這個口岸我曾經到過，預

參觀了臘腸製作的過程。

佛山的石磨豆漿。　　　　　參觀食物博物館。

期之外的是，我本以為家長們一定比我更熟悉，因為在長假期裏，家長總會帶着孩子回到鄉下生活，因為內地的生活指數始終比香港低，同樣的金錢，在內地消費，孩子能有更多活動的機會，對家長來說，也好像能給予孩子更多，心裏也好過點。話說回來，原來深圳灣這個口岸，很多家庭都是第一次接觸，原因是深圳灣口岸與福田口岸的交通費差不多是雙倍，所以，這個口岸從來不在他們的選擇中。有時候，生活就是一點一滴結集起來的，要有點生活智慧，才可以關關難過，關關過。

從深圳灣口岸過境。

　　這次遊學團是愉快的。學生和家長對於能與校長一起去旅行也是從未想過的；對我來說，最大的收穫就是能夠增強學生的家庭凝聚力。香港地，人人為口奔馳，基層家庭更是必須付出更多，每天為生活努力打拚，有時候，就連兒子就讀哪間學校、什麼年級、喜歡吃雞蛋還是紅豆粥、女兒是蓄長髮或是短髮……都不知道，這可說是在大都會裏的悲歌吧？所以，當我與一位幫忙了學校好幾年的社工薛 Sir 傾談時，忽萌奇想，就希望讓這些家庭在悠長的暑假裏，能輕輕鬆鬆去一次旅行。

　　兩天的旅程確實讓孩子有不同的體驗，整天有深愛的親人陪伴着，已是幸福得不能言喻，父母親也聽了薛 Sir 和校長的心底話，讓孩子盡情去玩，讓他們自由奔跑，真是樂得不可開交。

　　景點、美食當然少不了，經過一天的耍樂，回到酒店，大人已筋疲力盡，孩子們卻仍是興奮得不行，一點疲態也沒有，因為是在同一樓層的房間，所以孩子們可以互相參觀房間，像是新年「拜訪」一樣，嘻嘻哈哈的，讓我這個校長也感到心滿意足，覺得不枉此行。

　　翌日早上，大家吃過酒店的早餐，雖然只是簡簡單單的一份自助形式早餐，但是小孩子一起牀又能得到家人的陪伴和照料，還可以立刻與好同學見面，真是一個幸福的早上。

　　吃過早餐，小朋友竟然到我的房間敲門，我一一迎接他們，原來我都是他們的好朋友！孩子們坐着、躺着在我的牀上，大家説説笑笑，玩玩跳跳，不亦樂乎，這些都是我在學校難以得見的，所以非常珍惜。

　　回程時，有一個家庭寫了心意卡給我，單親媽媽説：「已經有好三年沒有跟兒子外出遊玩了⋯⋯」她更直言，這次旅遊讓她們一家人都很難忘。

孩子們坐着、躺着在牀上，玩得不亦樂乎。

　　雖然兩天一夜的旅費並不算多，但是生活迫人，家長總希望省着用，讓家庭更加安穩，所以，出外旅行可以說是不可能的活動。既然如此，就讓我這個校長一年一度，好好安排，好好打算。家長們，就拋下生活壓力，放假兩天；孩子們，好好享受父母兩天的朝夕相伴，餐餐一起同枱吃飯，樂也融融。

　　各位同學、家長，下年度我們開開心心，再次瀟灑走一回！

想家的孩子

　　駕着車子回家，交通燈亮起了紅色的訊號，於是順勢停下了小汽車。在稠密的車叢中，空洞的雙眼注視着在路旁的一句廣告標語——家的味道。納悶的心更覺不是味兒，心裏惦念着那位剛離開了學校的晉榮。「家」，要到何時晉榮才能有一個家？

　　學校的孩子有些是從寄養家庭來到本校讀書的，在這九年來，接觸過不少這樣缺乏「家」的孩子，雖然幸得寄養家庭的照顧，但是，看到他們的行為，已知道小孩子經歷了不少。每一個孩子的背後，都有着不同的辛酸，年紀小小已經認識什麼是「生存」之道。

　　初來報到，我們已經能認知晉榮特別聰明伶俐，機靈過人，可能這就是生活鍛鍊出來的。慢慢發現晉榮比同齡的孩子成熟，有時候為食物、玩具爭先恐後，有時候又將自己的錯誤推到同學身上，即使老師親眼看到事情的真相，晉榮仍是死口不認錯。我和老師都看得心酸，因為我們知道他在短短兩、三年間，已經換了四個寄養家庭，有一些寄養家

庭收留了多位來自不同背景的孩子，小孩子為了得到溫飽和渴望已久的
關注與愛，可能在不知不覺間走錯了方向，晉榮也一定經歷了不一樣的
童年。

晉榮就是剛剛轉換到了一個新的寄養家庭，即是又有一位新姨姨照
顧他，姨姨家住元朗，所以他來到我們的學校上課。

在我們的學校，總是珍惜每一位孩子，希望孩子在我們的手裏，都
能成為一顆顆明亮的珍珠。孩子是純真的小天使，在數月後，晉榮已懂
得照顧幼小的同學和尊重別人的感受，這都要感恩老師和新姨姨的努力
和愛心。

孩子們無憂無慮地嬉戲的
時光。

人，總有自己的命。這些孩子的人生道路，彷彿特別崎嶇艱難。

有幸遇上這麼好的寄養家庭，就是親生阿娘不懂珍惜，砌詞說姨姨萬事皆不妥當，結果把孩子轉到新的寄養家庭了，晉榮就這樣離開了學校。

在未來的日子，希望晉榮能有好的際遇，健康成長，可能我還需要向蒼天禱告，保佑他的親娘也成長起來！

綠燈亮起，總得回家！

我的第十個畢業典禮

　　暑假剛至，又是老師們可以稍為休息「養命」的一個暑假假期。在這個假期之前，老師們總要衝鋒陷陣，忙個不停。我和我的老師亦是一樣，七月十三日星期五，那天是我們的畢業典禮。轉眼間，原來是我在這所村校的第十個畢業典禮了，感觸良多，在這裏希望與大家一起分享這個別具意義的呂校長畢業演辭。猶記得當天我說這是我的第十個畢業典禮時，感觸得嗚咽淚下，諸位家長、嘉賓和義工們，眼睛鼻子都是紅紅的。

　　以下就是我的畢業演辭：

　　恭喜各位畢業生，今天就要領到你們人生的第一張畢業證書。這張畢業證書正是你成長的印記，也是父母的喜悅。家長們還記得孩子進入幼稚園時，孩子那小小的身影，帶着稚氣和好奇的表情，來到這個陌生的環境，而今天你將帶着無限的知識與感激，離開這個用愛包圍你的園地。

說到這個充滿愛的校園，要感激我的教育團隊，感謝各位老師努力地教育我們的學生，讓孩子感受到愛與關懷，健健康康地成長！

時光飛逝，還記得第一個畢業典禮是只得一位畢業生的畢業典禮，轉眼間，今次是我在元岡幼稚園的第十個畢業典禮，一切都得來不易，我能夠與元岡幼稚園走到今天，個人的力量是十分有限的，能做到的亦不多，反而感謝各位的支持，特別感恩時刻陪伴左右的 Vera 與 Shirley，十年來風雨不改，必定出席我們的畢業禮，親身到場鼓勵每一位畢業生，她倆亦是學校開初的大恩人，無私地自掏「荷包」，為學校聘請了一位全職老師和兼職校工，好讓學校有初步的架構，她們更感染身邊的朋友，捐助學校，令本校能夠好好發展，這就是民間的互助互愛精神，讓我有所啟發，感受良多！

還有今日在座的各位家長，感謝您們給予機會讓我們教育您們的孩子，沒有各位家長的支持與信任，成就不到今日的元岡幼稚園，衷心感謝各位家長！

亦感謝今日不辭勞苦的義工們，攝影師 Herman 和鴨仔教練（王君萍教練），以及她的義工團，昨日專程到校安排場地，今日清早又到來打點一切，讓這個場地充滿愛與熱鬧的氣氛。

這個校園實在是充滿愛與支持，相信各位畢業生都能感受到。

最後校長於此鼓勵各位畢業生，請你記着各位老師與校長每一天都會掛念你，希望你在未來的日子，進入人生一個新階段，成為小學生，在新的學校裏，將會認識不同的同學與友人，請你不要忘記，老師曾經努力地教育你成為一個有禮貌、有責任心、能愛護及關懷你身邊的人的一位有用的好孩子，請你將愛與關懷，帶到小學的新天地。在這個新的學程裏，衷心祝願各位畢業生，能好好努力學習。校長祝福你們在努力、很努力、很努力的學習裏，能夠找到一片屬於你們的藍色天空，開開心心地成就你的人生。

各位畢業生加油！

多謝大家！

元岡幼稚園第十屆畢業典禮。

一點感受、一點情

人一生活着，總有高山低谷。在高山之時，無需大喜；在低谷之
中盤旋，亦無需大悲。只要有情，總能衝破障礙；只要心中有愛，
定能活得精彩！

圖片來源：Stig Nygaard @ Flickr

框外人

有資深學者在大氣電波中，討論着一些著名的框外人（outsider）這個議題，學者們學識素養之高，讓聽眾為之津津樂道。

聽得有趣之際，我忽萌奇想，問問身邊高人，我被一些同業形容為「不吃人間煙火」，那我又是不是一個 outsider 呢？高人竟然説：「你早就被定為 outsider 了！」我聽後頓感愕然和心酸，在我而言，當然認為自己每天都為幼兒教育而努力，正正就在教育框中，誰知我原來卻是個框外人？

那麼，究竟教育的框框內是什麼呢？框框內是小學雞每天有十多份功課，曾經聽過一天內有十八份的。

身邊有義工訴説，曾收過一個剛從瑞士滑雪回來的家長電話，家長剛剛抵達香港國際機場，便致電這位從事私人教授鋼琴的老師，説她的女兒雖然剛經歷了長途機和地域時差，但也不太疲累，只需要回家梳洗

及稍作休息，就能立即到老師的琴室練琴，因為三月的校際音樂比賽很重要，不容有失，所以要速速練琴。

又聽過一位剛畢業離開幼稚園階段，升上小一的家長回校與我分享，她説上星期小學舉行了秋季親子旅行燒烤會，學生們自動自覺堆炭起爐火，準備燒烤。家長們看見尖子班的同學個個雞手鴨腳，力不從心，反而 C、D 班的同學，位位做得起勁，似模似樣，轉眼間炭火便燃起了！

這小學的校長不以為然地説：「其實尖子班的學生將來畢業後不會做人，不會照顧自己；反而不是尖子班的同學，才懂得如何實際生活。」我的舊家長聽了後，反應很快，立即問道：「為什麼要製造尖子班這些不會實際生活的產物呢？」性格率直的校長答道：「香港教育制度如此，尖子班是用來為學校考取好成績，獲取好紀錄，就能有更多資源分配。反正家長也高興子女在尖子班，在尖子班嘛，家長倍感自豪……」我的舊家長聽後想過退學，因為她的女兒也説過，來日想升到尖子班！

鼓吹竭力向上爬的香港教育風氣。

對香港家長來説，如果他的孩子六歲前不得寫字，七歲才正式入學讀書，這樣的話，家長定會擔心得要命，但這正是芬蘭的教育體制！而且，八歲前，孩子每天只是上課四小時，八歲後是六小時，每天都有一個半至三小時的戶外活動時間，功課量又不多，假日學校更不會發功課。人性化的教育，產生有學養、高素質的人民，正是芬蘭教育備受推崇的原因。

如果在香港的教育框內，事事只顧比較和奉迎制度，那麼我注定是一個 outsider 了！

玩耍也是成長和學習的重要部分。

一毫子的夢

　　阿東是我學校的義工，對我來説，他是特別的，因為他是村中原居民，有他的支持別具意義。

　　阿東是一個真誠、有原則的人，我與他的年紀相若，無所不談。

　　有一天，他知道學校有一個小女生被家長無故責罵，他身同感受，就説起自己兒時的一個經歷。從小至今，他都很喜歡音樂、畫畫，一做好功課，就會拿着顏色筆來寫畫創作，忘我地走進無盡的天空，享受絕對個人的藝術空間。

　　父母是在紙廠工作的，因利成便，近廚得食，阿東常常獲得不少紙頭紙尾來做創作寫畫。雖然只是轉廢為寶的小畫紙，但是阿東依然畫得起勁，心裏是滿足的，也慶幸自己有源源不絕的小紙張，認定自己是絕世幸運兒。

有一天，阿東終於儲夠一毫子，可以到文具店買一張雪白的大畫紙，這是阿東夢寐以求的一張大畫紙！有了它，阿東就不用限制着空間來畫畫。他喜歡的飛鳥、小狗、太陽、星宿，統統都可以共存於同一天空下。

在舊社會、舊家庭，孩子要特別懂事。阿東知道要讀好書才可以講興趣，於是努力溫習英文，一個又一個長長的英文字詞都背下來了，準備好第二天的英文默書。

一向挑剔的哥哥回來了，看見阿東又在畫畫，以為他正在浪費光陰，於是下令阿東立刻停筆，並把生字一一默出。幸好他不負所望，一字不漏地完成任務。就只有一個字在書本裏是不用默的，因為老師認為太深，但是哥哥就是不相信，一口咬定是小弟弟砌詞狡辯，練精學懶，於是二話不說，就把他深愛的大畫紙丟進垃圾桶裏去，可知道這張大畫紙已經畫滿了阿東心愛的萬物，是阿東的另一個世界。

接着，阿東當然繼續受罰。當他能夠脫險，往廚房的垃圾桶拯救深愛的畫作時，媽媽已經把劏魚時的魚鱗、魚水都丟進去了，心愛的畫作亦一同殉葬，阿東頓時感到天搖地動，山崩地裂，心如刀割。

以後每當執筆作畫，卻已無力創作，只感到筆之重，心之痛！良久

都無法享受寫畫的樂趣！

　　現在的阿東，仍不怨哥哥的所為，如果當時能夠有機會好好享受畫畫，進程一定更好，藝術天賦必定能有更好的發展。

　　中國有一火鳳凰的傳說，這個一毫子的夢，讓他有所得着，讓他親身體會到被壓制的痛苦，阿東沒有在火海裏化成灰燼，反而在烈火中化成火鳳凰。現在他常到不同的學校，當唱歌、舞蹈、畫畫義工，尊重每一個孩子的志趣，身體力行，將自己的藝術天分感染各位同學，成就了今天的阿東！

　　能把痛苦的經歷轉化成眷顧愛護他人的動力，成仁成魔，只在一念之間。

火鳥的不死本領

我小時候很窮，但很快樂。

我從不妒忌其他人，很接受自己的生活，我知道自己的資源就是比別人少。

我沒法像其他同學一樣開生日派對，甚至要工作，幫補自己的生活費和書簿費。

那時迪士尼的卡通人物很受歡迎，所以我小學便開始在家裏幫忙加工，為品牌公仔上顏色。顏色會染在衣服上，髒髒的，而我卻只有那三套衣服，弄髒了怎樣出門？有時剩下那一套洗了又晾不乾，同學相邀參加派對，我都會找借口推掉。

雖然您看起來會覺得我很可憐，但我在家裏排行第五，看到大哥哥、大姊姊比我更刻苦，要扛的東西更多，拿到獎學金也沒法繼續升學

讀書，讓我感到自己已夠幸福了！這樣的成長過程令我很知足，想事情較正面，同時也使我更加成熟，遇到什麼事情都想說：「有很難嗎？沒多艱難吧！」

「只要我努力，有什麼做不來？」憑着這種生活態度，人生相當順遂，工作上有人賞識，一直過得很理想。二十三歲時，我接手管理一家學校，同樣只有很少學生，我用自己的看法，擇善固執地把學校經營起來，甚至慢慢有人龍排在校門外。

「我要做，就會做到」、「我要做，就會做到」，這樣的幹勁讓我平步青雲。

可是，二十八歲時，一位我很愛的親人遇上交通意外離開了。我頓時發現，錢還是有買不到的東西，這樣說可能很土氣，但過往那麼多年我一直抱持着「努力就一定可以」的信念派不上用場。

無論我再怎樣準時到醫院，再怎樣努力照顧他，他還是得離開。想要的東西求不得，有一段時間我很不習慣，感覺很痛苦，甚至有輕生的念頭。我不想上班，只想關在家裏，無法從陰霾裏走出來。

沉重的日子過了好幾個月。一個晚上，空洞的眼睛望着依舊美麗，明亮皎潔的月亮，彷彿有一點啟示，我默默地想：「沒有生趣？那，不如就當自己死了，好嗎？從這一刻起，我死了，也不一定要做死的那個儀式，就當自己死了吧，以仍然有動力的身軀去幫助別人！」我很認真地跟自己說。

現在才懂得，那時候的我在學習「放下」。放下了，人也變得輕鬆。一個人無仇無怨，無欲無求，原來路也隨之變得寬闊。

我明白到有很多事不是靠努力就可以，不是說有錢就買得到，不是很積極便會成功，原來要靠一份真誠，去面對自己，面對低谷。

孔子說「四十不惑」，我二十多歲就經歷了，從此更沒有做不了的事。朋友都說我像火鳳凰那樣重生了。

來到元岡幼稚園，最能推動我盡力做事的，是孩子的友愛，也就是我很在意的「人與人之間的關係」。有一個小孩沒上學，其他小孩會擔心起來。明明在玩玩具，孩子也會突然走來問：「校長，為什麼她還沒回來呢？」聽到有人敲門，她就拋下玩具自己走出去了。

對我們來說這樣不行啊，學校還是要有些框框、有些紀律需要遵守的，但孩子打破了那些框框，因為愛。聽着孩子們說：「你回來囉！我替你拿書包吧！我很擔心你啊，我怕你不來。」這一份情誼，讓我更加堅持，不想讓他們那份純真的愛破滅。

八十年代，香港很流行「蒙特梭利」教學法，着重生活經驗的學習。可是，最初引入的時候，用英語授課才是吸引家長的關鍵，本末倒置了。

我取其長處，引用了它的概念放在教育上，強調「自理、責任感、生活」。最初老師們不習慣，搬桌子、搬椅子也不讓學生去做，我對老師們說：「你在剝削孩子學習的機會。」高年級的可以幫忙搬桌椅，低

「蒙特梭利」教學法強調「自理、責任感、生活」。

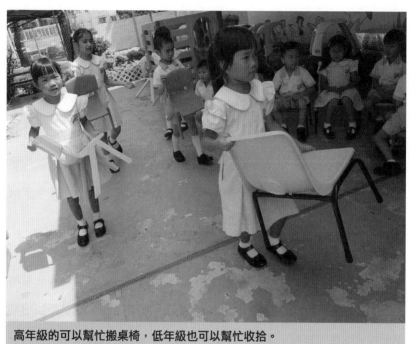

高年級的可以幫忙搬桌椅，低年級也可以幫忙收拾。

年級也可以幫忙收拾。

　　小孩吃東西，要自己分派碟子，吃完東西要收好。比方說今天吃雞蛋，要把蛋殼放好，碟子上的蛋黃碎要丟到垃圾箱，再自己拿碟子去清洗，這都是小孩子能做到的事情，也是一種學習。

　　生活裏的一點一滴都是學習，都能夠用來教育小孩。吃點心，也不

是放進餐盒裏就開動，他們要知道吃過什麼餅，餅乾裏面的一般成分也要知道。有時候，同事把草莓洗得特別乾淨，再把青青的果蒂拿走，怕小孩吃到藏在果蒂的培植土，我説不用了，他們必須看到整個草莓的外形。如果看到有髒東西，也要懂得自己拿走，這樣才是人生，才是學習。

我也在跟小孩子學習。我班上有少數族裔的學生，他們學習中文特別困難，我本來也沒有察覺到，只會鼓勵他們多多努力，跟着筆劃走，還誤會他們不認真，把寫字當成畫圖畫。來到這裏，我才知道原來南亞裔的筆順跟我們正正相反，我們的書寫是從上到下，從左到右；他們的就剛好從下到上，從右到左，要慢慢跟他們解釋清楚，也讓他們知道，老師理解這是困難的，更願意與他們一起同行。我們還發了一張筆順表給家長，讓他們都能了解當中的差別，大家一起解決問題。

其實每個人出生都是要解決問題的，打從我們是嬰兒，不懂講話，不懂走路，肚子餓了，要尿尿了，那怎麼辦？我們會用哭聲去引起別人的注意，小嬰兒啼哭已經是在嘗試解決問題，所以，遇上問題時，我們都要如實去面對。我們要承認自己在問題裏面，確認了事情就是這樣子，接受它，然後開始解決它。

　　年輕人缺乏人生經驗，不夠認識自己，容易一時衝動。如果有一天，您真的很低落，就讓情緒自然地低落，不要覺得困擾。困擾只是因為您沒有真誠地對待自己，沒有如實地面對自己的情緒。當您接受了自己很低落時，您就問問自己，事情有多嚴重？能影響您多深？可以怎樣去解決它？一步一步認識自己，認識自己的情緒，了解自己的需要，一步一步把眼前的問題拆開，毋須一蹶不振。慢慢拆開，直到最後，您就能開到一扇窗，藍藍的天空永遠在我們的頭頂上，美麗的月亮會帶給您幸福。

六月飛霜、八月雨

「嘀嘟⋯⋯嘀嘟⋯⋯」、「嗚⋯⋯嗚⋯⋯嗚⋯⋯」消防車、救護車的聲音此起彼落，令這寧靜的村落變得氣氛緊張。其實，這星期已經連續數天下着大雨，今天的雨勢彷彿特別凌厲。早上已見烏雲密佈，厚厚的低層雲讓人喘不過氣來，也教人悶悶不樂。

下午時分，我和老師仍然在學校裏努力地學習急救知識，聽着一位資深的義務陳教官，深入淺出，風趣地講解急救的知識和他的實戰經驗，陳教官的課真能叫人從鬱悶的天氣和嘈吵得近乎討厭的雨聲中，一下子精神煥發起來。

雨聲夾雜着在這村落並不常聽見的救護車、消防車的聲音，已經知道外面一定出現了狀況，於是兩位同事主動到課室外查看。同事稍微打開課室門，已聽到滂沱大雨的吵耳聲音，大家已心知不妙。兩位同事看到校舍外的四周開始積水，尤其是校舍後面的一道小水渠，水位升高，變得寬大，像是一道獨木舟急流。水位愈升愈高，當時只差兩吋，水道

的雨水便會氾濫成河，湧入校舍。這兩位同事有點慌忙，正在緊張喧嘩之際，冷不防一道閃光在課室窗外劃過，巨大的雷聲隨之響起，電光火石之間，兩位同事衝回課室，整個校舍突然停電，漆黑一片。女老師特別驚慌，尖叫不斷，大家亂作一團，一時間，氣氛變得十分緊張。

校舍後面的水道。

此時，都是在紀律部隊工作的陳教官和義工Herman，他們特別機警，兩位以堅定的聲音呼籲我們鎮定並安慰大家，這只是行雷閃電，先鎮定下來，再看看電箱就好了。幸好雷擊並未有傷及同事，那麼供電系統又如何？

Herman 一聲「clear」，大家都屏息靜氣。他按序把電箱的總掣按下，但是電燈未有因此而再度亮起，大家有點失落。此時我們突然想起，因為大家都按着這兩位機警的紀律部隊人員的指示，先把大電量的電器關上，但是同事們七手八腳便把所有電掣也關上了，所以，可能電燈只是尚未啟動而已。畢竟還有

兩個工作天便是九月三日正式開學日，如果供電系統出現了問題，也不知怎樣辦才好。接着，老師小心翼翼地啟動燈掣，其他人合手祝福順利，幸好所有電燈都亮起，一切已經無礙，大家不禁歡呼跳起。

室內回復平靜，但外面仍是風雨交加，雷電不停，我身為校長，先讓各人安心，因為打從十年前到這裏工作時，我已檢查好避雷針的裝置，所以留在室內是安全的，請大家安心。

同事們十分愛護學校，都說外面滂沱大雨，可能已經把儲物室和外面的雪櫃、電器都浸壞了，怎麼辦？我只好安撫大家，「人」才是最重要的，水來得那麼急，外出也做不了什麼。過了半個小時，閃電打雷都停了，我們出外看看，後面最大機會會泛濫的小水道只差一吋多便會湧到校園內，真的慶幸就是只差一吋多，所以未有造成太大的破壞。

夜幕低垂，雨勢並未有停下來，各位同事只好收拾細軟，回家休息。

我駕着小汽車離開，途中看見不少救護車、警車、消防車等川流不息，一定有很多市民、村民需要救助吧！其實身在車廂裏也感到危險，因為能見度實在太低，道路上全是雨水，像是小河流，建築物的簷篷瀉

水如大瀑布，情景如水天連成一線，感覺並不良好。我的車子還載滿同事，我必須小心翼翼，把她們送到較遠的港鐵站，因為錦上路站實在太大雨了，下不了車。而且，大家也認為應該快快離開錦田一帶，以免影響交通和救援工作。

直至駛出錦田，到達元朗市，這地區雨勢較細，看到路上途人的表情是不以為意的，我就知道這是另一個世界。剛才在錦田一帶，各人都非常徬徨，跟這裏的情景是天淵之別。雖然都是元朗，感受卻截然不同。我和同事們開始放下緊張的思緒，大家都鬆了一口氣。

送走了同事，我開始聯絡住在學校附近的家庭，因為家訪到過他們的家，知道他們位處低窪地帶的，我都有主動聯絡，幸好都沒有遭到太大破壞。當然亦有幾個家庭水浸入屋了，但是家人仍然有能力處理，亦沒有人受傷，這讓我放下了心頭大石。

此刻，電話一路「咚咚」作響，因為不停收到義工們的訊息，他們都是住在八鄉錦田區的。有一、兩位義工的家災情甚為嚴重，水浸入屋至沙發高度，大部分家具、電器都損毀了，有的甚至連鐵造的狗籠也沖了出屋外，在水中載浮載沉，這位義工傷心極了。正在傷心之際，對面的鄰居太太給他打電話說：「你家的『地主』被水沖到我的屋裏去，我

已把牠拾起放好，不用擔心。」義工聽了後，真是哭笑難分。

被水沖走了的狗籠。

被水淹浸了的八鄉。

水快要淹至窗口的屋苑。

　　義工們傳來一幅又一幅家園水浸嚴重的圖片，屋苑裏水淹至窗口，災情真是嚴重，但是義工跟我説，情況是很危急的，而不是僅僅看到圖片就説一聲「很嚴重啊」！他們心裏在想，只是幾分鐘水就淹至小腿……又幾分鐘，水淹至大腿……當時在想，是不是要棄屋逃生保命

呢？心裏實在萬分惶恐。

還有一些村民説，道路如同河流般，水中看到烏龜、塘虱魚，甚至有家長説在水中看見了蛇。

香港的雨季是五、六月，但是今年的五月卻沒有一場雨，至少元朗區沒有。八月卻如此反常，雨下得令人難以置信，很多村民也説四十年來也從未見過這種水災。猶記得去年七、八月，差不多每個星期也來一個颱風，叫人聞「風」色變。今年則在三個月內，日本有十二個颱風侵襲，強颱風、超強颱風比比皆是，剛剛的「飛燕」超強颱風，在西太平洋海上風速達二百三十公里，風力之強勁，超乎想像。如此種種極端的天氣現象已非常明顯，造成這現象，究竟何故？

初初在這所村校任教，與五個小孩相處，記得最靈巧的小雪常常提醒我這位老師和同學，不要用太多紙巾，否則地球先生就會生病了。

我身邊有一位義工鄺大狀，亦是我單車隊的隊長，他常説六月飛霜必有冤情。現在八月大雨訴冤的，卻是天宮叫我們好好愛護地球，因為地球真的受不了！除了大家要好好珍惜，也是時候認真教育下一代，如何應對地球暖化的問題了！

悟從颱風點化

　　八月下旬，元朗錦田一帶，暴雨水浸，各人驚魂未定。怎料九月開學只得兩星期，又來一個令港、澳，甚至是廣東一帶都聞風喪膽的「山竹」超強颱風吹襲，學校真是忙個不停，剛剛收拾好殘局開學，又要仔細計劃防風措施。

　　這個港、澳開埠以來最強的強颱風終於來臨！大家都不敢怠慢，學校的防風措施是前所未有的細緻。過往十年，遭遇颱風無數，學校都只有零星的盆栽翻倒，其他都安然無恙，但是這個本年度全球最強的颱風到訪港、澳，真是令人不敢想像，我們的景況將會如何？

　　腦海裏浮現着二〇〇五年八月二十九日超強颱風「卡特里娜」（Katrina）毀滅性地摧毀美國新奧爾良的情景，當時有一千八百人遇難。老香港常提到的颱風「溫黛」，其破壞力大家聽聞已久，今次的「山竹」只有更加強，更加勁！

九月十六日凌晨，「山竹」終於襲到，雖然在進入五百公里範圍時風速減弱，由超強颱風轉為強颱風，但是卻比預期中更加接近本港。看着每小時天文台的颱風發佈，聽着屋外誇張的凌厲風聲，真是愈來愈心寒。

可以做的防風措施之前已做了，現在只有等待和忍耐。手機不住「叮叮咚咚」的響，收到的訊息和相片都令人難以想像：有些地區一早已經停電、停水，有些人躲在屋內卻仍然受到強風襲擊；大片玻璃破裂，坐在屋內如同暴露於颱風之中，令人誠惶誠恐；有些相片拍到門外、窗外一枝一枝的樹枝飛過；住在海岸邊的朋友説海浪拍上五、六樓之高；又有朋友住在名貴屋苑的高層四十八樓，覺得大廈彷彿在搖動，誰知原來並不是彷彿，而是真的在搖動，非常害怕……一時間，天崩地裂，徬徨無助！與其心寒心悸，不如靜思、反省，在這暴風下，我有一些感觸與領悟：

一）人類常常自負為萬物之靈，其實並不可能敵過大自然的力量，在風、火、雨面前，我們什麼也不是。

二）種下因，承受果。過往我們不愛惜地球，今天要「找數」，承受一個接一個愈來愈頻繁且猛烈的颱風。

三）在暴風雨之中，我們只有學習等待和忍耐。

四）如果「家」也不安全，請不要氣餒，身邊還有給您溫暖的家人和朋友。

五）都市人工作繁忙，總是停不下來，原來颱風可以叫您安靜停下，與家人好好吃幾頓家常便飯。

六）當人們埋怨暴風來臨，令周末、周日假期消失，又或是埋怨暴風破壞家園，但認真想一想，我們人類對大自然的破壞，又是何等的殘酷呢！有很多動物一早已經失去居所，現在輪到我們親身感受這情景了。

八月暴雨，九月颱風，希望閏過立秋，家家戶戶賞月慶團圓。今次風勁，但短促，暴風過後，未有持續的滂沱大雨，天宮還展現陽光與藍天，總算是不幸中之大幸。

人生不過如此！

颱風「山竹」襲港後的景況。

錦田深度遊

　　從前我都只在名校裏工作，村校的教師體驗實在是令我獲益良多。在這些年的村校教學生涯裏，我認識了不少志同道合的善長、義工。當中一位法律界的朋友鄺大狀，雖然他的工作極之嚴肅，但是這位老友放下莊嚴的大律師身分後，就是一個風趣幽默的頑童！

　　鄺大狀喜歡踩單車，一邊做運動之餘，一邊欣賞原野的明媚風光。正所謂「愛屋及烏」，他常常踏着單車到我的學校，然後勸勉我「工作有時，運動亦有時」。在他兩年多以來努力不懈的勸勉下，我終於鼓起勇氣，換上戰衣，踏着他借給我的戰車，在村郊的小徑上奔馳。

　　鄺大狀是單車隊的隊長，在這隊優秀的單車隊裏，還有一位領隊榮哥，他熟悉迂迴顛簸的鄉間路徑，在榮哥的帶領下，我和隊員總是無憂無慮，能全無後顧之憂地只跟着他的單車尾，就這樣，便有不少意外的驚喜。

　　我搬到元朗區居住，多少都二十年了，平時我開着小汽車，就只會在大道上走着。在平穩安全的馬路上，汽車時速高，根本未能留意在旁的單車徑原來是這麼闊大壯麗的。榮哥經常掛在口邊的是「來一趟錦田深度遊吧」。

　　榮領隊輕輕鬆鬆，臉上掛着自信的笑容，途經大大小小的村落，總會溫柔地跟不相識的村民說聲「早晨，你好嗎？」，甚至連村裏的狗兒他都會熱情地打個招呼，隊長守在單車隊中亦如是。真是生命影響生命，隊長和領隊對人的熱情和友愛，也感染了整個單車隊的成員，我們也愉快地跟村民和小動物打招呼，一時間通達無阻，世界大同一樣。大家氣定神閒地踏着單車，不消幾分鐘，就到了一個個「景點」——千年古樹、碧綠魚塘、古蹟廟宇，鳥語花香，一幅一幅美麗的鄉郊景象盡入眼簾。

　　早晨至中午，就這樣愉快地消磨了三、四個小時，原來我這個初哥也會飛單車。最難能可貴的是「發現」，發現了原來在我身邊一直都有着這麼美麗的景色，而我之前卻一一錯過了。前人說「條條大道通羅馬」，原來走小路也別有一番風光，詩人大仲馬說過：「人生何求，致富與自由。」如果套用於現今社會，將之調整，人生何所求？可說是健康與期待，期待着下一次健康又愉快的單車之旅，人生的深度遊。

與單車隊隊員來一趟「錦田深度遊」。

第／三／章 **小城市、大情懷**

在這小小都市裏生活，每天總會遇上光怪陸離的事，人是有很多選擇的，不用人云亦云，只要每天盡力而為，做最好的自己，成功必定在不遠處。

圖片來源：流璃 @ Flickr

眼睛跑掉了

　　我發現現在的人是沒有眼睛的,因為他們的眼睛都已經被手提電話吸住了!我在同一條行人道上,其長度不出十米,竟然被兩個只有「電話眼睛」的人撞到。雖然只是輕輕一碰,但是總會不解為什麼香港人那麼忙碌,就連行路也不放過眼睛,時時刻刻看着智能電話的屏幕,一秒也不能少!就只怪每個人都愈來愈自我,只在乎自己的感覺,冷對他人的感受。

　　在這兩次小意外,「電話男」冒冒失失地碰到途人,我也得不到一句道歉,甚至乎是一句小小的「不好意思」也等不到。不知您是否相信,他們碰到我時,反而覺得我是路上的障礙物?兩位各不相識,在不同路段撞向我,但是他們的反應卻是一樣的,用 0.1 秒的時間,雙眼飄向我望了一眼,他們的面容是蹙眉怒眼,彷彿是我應該要身手靈敏,迅速地反應過來,極力地避開他們才對,現在卻要他們停下來,您説是多麼的礙事呢!

我本來就是一個充滿情感的人，我沒有太過嬲怒，只是替這兩位「電話男」，或者是香港數之不盡的電話男、電話女、電話青年好漢等感到不幸，也為我們的社會感到不安。現在我還能看見不少心智成熟的青年人會關心別人，對耆英也特別愛護關懷，但當現在的「電話青年」如此發展下去，將來到我成為「老友記」之時，可能我只會是他們更不屑一看的「障礙物」，在青年人的生命道路上，其他阻礙他們看電話，成為「電話精英」的都應該被剷除吧？

智能電話的發展讓人類改變了生活的節奏。我們在獲得便宜的智能電話上網服務後，能夠隨時隨地掌握身邊，甚至是世界各地的資訊脈搏，娛樂、財經、時事、教育、民生議題、通訊……各適其適，手握着電話，便能通天與地。事實上，得到的很多，其實付出的也不少。

較早前香港中文大學眼科及視覺科學學系研究指出，學前兒童患近視的比率，較十年前大幅增加了三倍，是整整的三倍增長。十二歲以下的兒童，更有五成有近視的情況。這些數據透視了不少電子產品都在影響着兒童眼睛健康的發展。

在兒童時期影響了眼睛的健康，到了現在，我在路上碰到的「電話男」，相信受到影響的不止是他的眼睛，還有他與別人的關係，個人價

值觀的變質。

　　凡事有兩面，是好，是壞，在於使用者的態度。難怪現在不少學者都提倡「無電話日」，在一段日子裏，設上一天無電話的生活，讓人們的眼睛再度回到應該的視線和角度上，這未嘗不是一件好事。

做中學

　　在舉世注目的颱風「山竹」蹂躪這個小小城市後，到處可見樹木連根拔起倒下，建築物毀壞不堪，滿目瘡痍，令人感慨良多。幸好這個都市還有不少有質素的市民，自發上街清理自己的小社區。

　　在名校工作的時候，我的老闆屬於智慧型，遇上困難，他總會以極速的時間評估狀況，瞬間轉變思維，並鼓勵我們，當大難當前，那不是埋怨的時候，應把力量放到解決問題之上，需要的是自救，而不是埋怨。所謂物以類聚，我亦十分認同這種做人的態度。

　　當災難過後，如果你還期待所有人圍着您轉，等待別人為您清理道路，使您的汽車能夠順利通過，那麼您不如下車把前面擋路的障礙移除，這倒能讓您更順利地到達目的地，也是利他的行為。

　　與其坐而言，不如起而行。看見不少市民不單以身作則，親自走到街上清理障礙物和風災後的垃圾，他們更在安全的情況下，帶着自己的

孩子，一起身體力行做好公民教育，就連我學校幼小的學生，也跟着義工家長，一起為學校清潔打掃，用行動還原光亮的校舍，這些美麗動人的景象是讓人動容的。

我常常提倡幼兒學習應該從生活上做起，第一身的經驗為首要的學習重點，環境教育亦是幼兒學習成長的一個重要機遇。

雖然風災令人難過，但喜見災後生機再現，成人帶着莘莘學子，從「做」中「學習」成長、獲得知識；現在的成長，就是為了將來的發

風災後，市民親自走到街上清理障礙物和風災後的垃圾。

義工家長於災後為學校清潔打掃。

學校的學生也跟着義工家長一起為學校清潔打掃。

展。希望有智慧的家長能讓孩子健康地成長，從「做中學」，感受愛自己、愛他人、愛社區、愛自己的一片土地的高尚情操，受益的也會是家長。所謂教好孩子，孩子好教。

在此，感恩在這小都會裏，有不辭勞苦的清潔工人、消防員、紀律部隊、義載的司機朋友、免費送飯盒的老闆和義工們，因為有您，讓這個城市變得更溫暖！祈望孩子們能懂得欣賞別人的付出，也勇於解決問題，在生活中成長，在排難中建構人生！

願望陸沉

二〇一八年二月十日的一個黃昏，一輛載滿乘客的巴士因失控翻側，更劇上巴士車站，造成十九人死亡，十多人危殆。那是一宗傷亡慘重的交通事故，香港人也心碎了，特區政府也為此慘劇而下半旗致哀。

根據報道，有說是因為車長遲了十分鐘才上巴士準備開車，引起乘客不滿等候過久，於是雙方爭執，車長在產生情緒之際，駕車亂衝亂撞，最後釀成悲劇。

社交網站對事件熱烈討論：有網民說，乘客只是等候那十分鐘便出口傷人，是咎由自取；又有網民指責車長遲到在先，卻反罵乘客，最後更暴躁地瘋狂駕駛。

香港是一個富裕的城市，家庭富足，社會福利也不錯。相信您的身邊也有不少孩子生活上一向都是從心所願的，身邊也有不少人對於政府福利予取予求，抱着「唔攞就笨」的心態。

香港是一個富裕的城市，不少孩子在生活上一向都是從心所願的。

我有一次替已畢業多年的學生靜兒到小學商討升中的問題。當時，曾與那班主任爭論，因為那老師認為靜兒即使家境有困難，仍可跨區選擇中學，只要她喜歡就可以，家人必須支持，反正政府有交通費津貼；離家遠了，要在外（或校內）用膳，又可申請膳食津貼，反正家庭不會因不報讀鄰近的中學（同是優質學校）而多花一分一毫。

我聽到那年青老師的話，心裏真的不是味兒，畢竟我接觸過的困難家庭實在不少，知道資源應該花到哪裏去，才能解到燃眉之急。我反問那位老師，香港政府願意扶助貧困家庭是德政，但資源應該用得其所，我們不是應該先要求做好自己，才去請求別人的幫助嗎？身為老師，我們是否應該教導學生只顧自己的「喜樂」，而任意耗用資源？教導學生

「唔攞就笨」？接着我聽不到那位老師，甚至是坐在他身邊的那位小學校長有任何回應。

　　香港這片土地，不知從何時開始，充斥着只管要求的願望，只想着自己的需要，而沒有想過付出，想過自己可以為別人做什麼。如此這般下去，願望太多，付出太少，願望也要陸沉了！

不想回到少年時

　　今晚有家庭聚會，親朋戚友聚首一堂，大吃大喝之後，大家就開始討論學生問題，事關最近有一調查報告，發現每七名小學生，就有一名有抑鬱徵狀。

　　席上各位「冒牌」時事評論員各抒己見，大家你一言，我一語，最後結論就是：現在的細路實在是幸福過頭，放假去遊埠，平時穿戴名牌，吃自助餐是家常便飯，生活心想事成，抑鬱是歸咎於他們身在福中不知福，平時沒有什麼挫折，也沒有什麼想要追求，所以變得沒有人生目標，動不動就說不開心；接着就是大家互訴當年情──怎樣刻苦上學，辛勤工作，至現在才能生活無憂，豐衣足食！

　　相信姨媽姑姐、叔伯兄弟們都沒有看清楚調查內容吧！如果長輩們仍只是以這種心態跟家中的細路相處，相信數月後，又會多幾名抑鬱的「小學雞」！

在一個幼兒家長講座上，我曾遇過一位母親，她抱着她兩歲多的囡囡說：「她正在學西班牙語，是她自己喜歡學的，哈哈！」自己喜歡學？兩歲多的嬰幼兒說自己喜歡學難得一見的西班牙語，真是《遇仙記》一般迷幻！

又遇過一位爸爸：「細仔今年四歲，他會數數，能數到一萬，哈哈！」我身邊的義工問：「會數到一萬有什麼用？平常出街都是你付錢的！」另一位義工答：「可能仔仔喜歡自己到韓國 shopping 呢！」

我有一位聰明又醒目的學生，畢業後被派到同區一所名校，這所名校因為最先突破每天十三份功課，所以成為區內名校中的名校，受到各位家長的追捧。問問在開學初時，回到學校探望我們，當時問問依然笑容燦爛。我問她升小一習慣嗎？媽媽搶答：「尚好，只是小學老師要問問重做暑期作業，很多同學也一樣……」

重新再做？原來每位學生都要把暑期作業交給學校評定程度，我們的習作亦被狠批為太膚淺，之後小學立刻發出新書單，要求家長從速購買，並下令問問於兩星期內完成，交回學校。一個小學新生要適應小一生活，又要完成似高跟鞋一樣高（指習作的厚度）的四本中、英、數、常習作，真擔心學生能否在時限內完成習作！他們的健康真是像穿上了

這超高高跟鞋一樣，岌岌可危！幸好問問仍夠聰明醒目，應付有餘。

　　三年後，問問的弟弟入學。今次見到的問問，那是似死魚般的眼神。媽媽不停囉囉嗦嗦：「問問已經不是以前的問問了，又懶惰，又不做功課……」喋喋不休，説個不停！我把問問拉到另一間課室，雙手搭着她的雙肩，面對面的問：「老老實實的告訴校長，為什麼不做功課？」她看看我，又低下了頭，欲言又止，我再問：「是不是真的太多功課？我相信你的！」她垂頭喪氣地「嗯」了一聲，又説：「真是太多了，怎樣也做不完，我不想再做了！」聞言，我跑到媽媽那邊，勸她不要再埋怨女兒，要説的應該是：「乖女，我明白你辛苦，功課多，但是現在的學校都是這樣，媽媽在你的身邊，一起捱過去吧！」

　　天啊！怎麼上學是要捱的呢？從前不是人人都渴望上學去嗎？

　　如果有一天，我遇到阿拉丁神燈，燈神要給我三個願望，那我一定不要燈神給我青春，回到少年時……這麼多功課，怕怕！

　　年紀小小的問問對學習感到厭倦，這個改變令我再一次對教育作出反思：是不是一味加多課業，重量不重質，將學生表現標準化，劃一比較，那就是進步？在這種學習氛圍下，汰弱留強，必然產生。聰明活潑

如問問，最後都倒在功課的苦海裏。在教育道路上，在這人生的初段已經失去了學習興趣，敢問社會、家長一句，我們是希望孩子能得到一張亮麗的畢業證書，還是希望他們起碼有空間經歷成長？

當大家不顧一切地爭取在賽道上領先，取得優勢之餘，敢問一句，有否衡量過失去的是否更多？

在村校工作的第二年，當時學校只得十餘位學生，有一位村中媽媽帶着女兒來報名，媽媽似是心事重重。其後小女兒順利入學，第二年升班到 K2，我和這位家長也逐漸熟絡，發現她的笑容多了。

有一天，媽媽來感謝學校和老師的付出，說她對將來的憂慮少了，信心增加了，也說出自己的底蘊：原來她是香港一個著名食品品牌的老闆，家境富裕，所以她照着自己的計劃，安排長子在名校讀書，當時長子已是一位小學生。她與兒子總是沒有辦法溝通，兒子常常出現情緒問題，在家裏是一個火爆阿哥，媽媽都已經去看心理醫生了，每天和順地想跟他說話，但孩子總是說：「媽媽你不明白的，不跟你說，我要溫習功課了！」然後，「嘭」的一聲關上房門，自己就在房內變成宅男。

媽媽真的害怕，害怕失去，失去兒子，再失去女兒。這回，她把女

兒安排在我的村校讀書。她真是很迷惘，除了家族生意繁忙，也不知道這個決定是否正確。起初希望兒女學業有成，可以接管家族生意，那是標準的望子成龍心態，現在卻讓女兒在村中的學校上學，實在是一個很大的改變，也需要極強的決心去實踐。雖然媽媽也有回頭望，是否應該重新踏上名校之路，但是今天看到女兒會自己收拾，又會關心爸媽、哥哥，亦會愛護家中的傭人，她就放下了心頭大石，最重要的是讓自己有機會去思考什麼是人生。也因為女兒報讀了鄰近居所的學校，不像長子清晨便要起牀，奔波到市區上學。她與丈夫的關係也日漸好了起來，兩夫婦不再為孩子的學業和教養方法再起爭執。

故事說完了，很神奇吧！欲速則不達。當然不是說讀名校就會有不幸的遭遇，這個未免太武斷了。只是家長應該多觀察孩子的本質和需要，讓他們自自在在地學習，懂得愛自己，愛他人，那樣還有什麼會做不成？讓您的摯愛孩子、心肝寶貝熱愛青春，享受少年時，您說多好。

享受接力比賽的孩子。

誓要得冠軍

　　星期天，友人彭小姐帶着小姨甥女參觀一個著名的兒童畫展，這個畫展也是一個兒童畫畫比賽的發佈會。小彭與幼小的姨甥女正欣賞着得獎的兒童畫之際，看到一群又一群的家長正忙碌地尋找冠、亞、季軍的作品，她們都不約而同地對子女說：「快看看要怎樣畫才能拿到冠軍！讓我先拍下作品，給畫畫老師看看，再問問老師為什麼這幅作品能得到冠軍，然後你就跟着畫……」

　　小彭是一位教師，聽到家長們這樣「誘導」孩子的思維，除了氣憤地向我們幾位好友訴苦外，也語帶憤慨，慨嘆好好的一個兒童發展藝術的比賽，本來可讓兒童發揮自主情感，創作具個人風格的圖畫，從而發展兒童畫畫的天份，提升藝術的修養，好端端的一個兒童畫展，現在卻成為怪獸家長的競技場。

　　我曾經遇過一位非常進取的家長，她讓她的女兒於課餘後去學十多種興趣活動，就是舞蹈已有三種，其中女兒最喜歡的是芭蕾舞，其芭蕾

舞老師也認為小女孩非常有天份，但是母親在數據調查上發現，芭蕾舞的獨舞劇目較少，於是就停止了女兒學習芭蕾舞，要求她專注學習社交舞，原因就是社交舞能當主角的機會較多，能獨當一面地在舞台上表演，成為唯一的主角。這個決定全為女兒着想，小女孩聽後雖然不開心，但不想母親不悅，只好乖乖順從，不願意也得照着辦。

其實，學會欣賞優秀的作品，甚至以技術來分析作品的優劣，也是一件好事，正所謂學無止境。但是為了拿得冠軍，希望獨領風騷，成為主角，而將自己不明所以的概念和思維強加於孩子的身上，無視了畫畫、舞蹈等可以幫助抒發情感和發揮其個人的獨特創意與氣質，這未免本末倒置了。對兒童來說，感情的抒發沒有出路之餘，反而又增添了一份討好家長的功課。

讓孩子自由發揮創意。

智能電話的教育

在宴會上碰到一對懂得教育孩子的父母，男的不介意背着寶寶出街用的奶粉袋（當然這位「型」爸爸背着的是名牌皮具袋），女的溫柔地鼓勵着兩歲和七歲的孩子自己進食，他倆拿着小匙羹和長長的筷子，自行進餐，努力認真行事，父母在旁輕聲鼓勵，構成一幅美麗的圖畫。

上前與這對像是神鵰俠侶一樣的父母傾談，媽媽説非常重視孩子的自理能力，也很重視孩子成長與生活的連結，眼見一些父母事事「招呼周到」，其實反而剝削了孩子自己生存的學習機會，這是令人痛心的，所以他倆決不會做怪獸父母。

這時，侍應不慌不忙地把第二道菜端上桌子，大女兒仍然聚精會神地玩着智能手機上的遊戲，媽媽需要一再提醒她是時候停下來進餐了。這時候，我心裏想，孩子好像都沉迷於電子遊戲，這究竟是否與這對父母的教育意願有所違背呢？媽媽看到我的疑惑都寫了在臉上，聰明如她，不以為意地對我説：「囡囡只是在宴會上的這些空檔期間，才被準

許把玩手機，玩一玩遊戲。」

原來是另有故事，説來話長：媽媽因為發現現在的孩子都沉迷玩手機電子遊戲，她不希望女兒被荼毒，所以過往都禁止孩子玩電子遊戲。只是在一次同學的生日聚會上，孩子們開始聚在一起玩手機遊戲，且是需要組成一組的群體網上遊戲，而自己的孩子卻是不明所以，如在霧中，完全答不上嘴。父母看在眼裏，知道孩子不是被孤立，只是未能融入同學的社群中，這樣説來，不是孩子有問題，而是父母需要反思情況。這對父母覺得自己完全禁止孩子認識、把玩手機及電子遊戲似乎太「離地」了，所以開始適當地讓孩子玩手機遊戲。

另一邊廂，新一代的父母很多時為了安頓孩子，硬把手機塞於孩子手裏，目的只是為求獲得一刻的安靜，這個想法實在是有商榷的餘地。

俗語有云：水太清則無魚，人至清則無徒。過分縱容或是徹底遠離，都是徒勞的。

凡事有兩面，科技是進步向前的象徵，但如果使用不當，太過極端，則有所損耗。就如槍械的發明，究竟是保衛家園，還是傷害他人性命呢？則視乎您如何使用！

　　最後還是欣賞這對「神鵰俠侶」，能為孩子反思、反省，這樣育兒，必有所得！

萬般皆是 A

　　美國有一份研究指出，常做運動的學生，比起不活躍的學生，英文及數學科取得 A 級的成績高 20%；而填鴨式的教育卻讓腦內的神經元加快消亡。內文解釋的原因十分詳盡：如果腦部長時間得不到休息和勉強集中專注力，身體會產生副腎上腺素和過多皮質醇，這樣會令腦部神經元加速消亡，長期處於這種狀態，更會讓腦部細胞逐漸萎縮。

　　細看來源，原來是一份醫學報告，但是卻要扯上考試成績能拿上 A。無他，因為這樣才有市場。細心分析，不難發現，現今家長對子女的學業非常重視，或是説，是到了一個令人頭痛的地步。學校方面，為了爭取生源，競爭激烈，又是到了一個令人頭痛的境況。如是者你追我逐，最近鄰居的小學雞告訴我，曾試過最多一天有十八份功課。

　　要有市場，各式各樣的商品都要扯上能讓孩子成績好的元素。市面上常見的有：選用這奶粉，腦部就會發育優良，聰明又醒目；喝了這果汁，維他命 C 益養腦部，穩考第一……遲些可能更會出現：來我家超

認真寫作業的孩子們。

市買各款有機食品，科科奪 A；穿這鞋子，防止腦震盪，保護腦部，有助成為尖子；用這紙巾，衛生通鼻，氧氣直達腦部……真會令人笑中有淚！

每年高考狀元輩出，傳媒都會爭相訪問優秀的學生。看到這些模範生，除了科科奪 A，其身形也是 A 形的，即是從頭到肩膀，從肩膀到身體軀幹，都是斜下去，因為只顧努力讀書，欠缺運動所致。近年傳媒做得較好，每每訪尋一些罕有地能把讀書與運動並存的一類生活平衡的

模範學生。生活除了讀書、運動，還有社交和親人，興趣和娛樂。

　　現在流行説「初心」，就來一個育兒初心吧！每年元旦都會訪問一些元旦 BB 的父母，鏡頭前的父母親總是甜絲絲的説，只希望 BB 能健康快樂地成長，別無他求！就這樣吧，希望大家朝着孩子健康快樂地成長而努力進發！

至少喜歡這條跑道

自從 2015 年《五個小孩的校長》上映後，我擔任了過百場分享會的嘉賓，人們感興趣的，是我如何拯救一所資源貧乏的村校。在分享會當中，我卻抓緊機會，與聽眾們分享什麼是幼兒教育，再從林林種種的幼兒設計活動中，希望家長和教師們能掌握到一些以兒童為本的教學精髓。

在我這所村校，環境與大自然有十分緊密的接觸，正好能以自然的環境教育提升幼兒的學習意欲和水平。例如學習「木」字（Wood）時，可以到花園摸摸大樹的樹幹，拾起折斷了的枯枝，感受木的硬度；春天時分，可以帶着孩子到課室外等候蝴蝶、蜜蜂在花兒之間穿梭飛舞，觀察昆蟲的實體和生活習慣。

校門外的兩棵英雄樹更是不可多得的教材，孩子們看到又大又紅的木棉花，總是歡喜若狂，老師順勢帶領孩子在地上收集朵朵碩大的花兒，放進簡約的小籃子裏。

　　回來後又是一連串的學習：清洗花朵時，可能會發現小昆蟲，有多有少，有大有細，顏色、爬行的速度也各有不同。接着就是他們以自己的方法，把花兒一朵一朵串起來曬乾。在這個過程中，高班可以做紀錄，記錄花兒在顏色、體積、質感上的變化等等。之後，更可以用來做乾花勞作，或是加一點其他材料做成涼茶，一起享用。整個過程是持續性的，孩子一手一腳自己親自做，能得到不少第一身的經驗和知識。

孩子把木棉花一朵一朵串起來曬乾，高班更可以做觀察紀錄。

　　分享會完畢後，聽者的反應大多在我的預期之內，得着是「其實學習可以是愉快、有趣味性的。」但總有一些父母憂心地發問：「這樣『輕鬆』的學習，定會輸在起跑線，孩子怎樣面對當今世代學習的挑

戰？」這是一個很好的問題，另一方面亦令我有點啼笑皆非，因為以兒童為本、重視兒童學習經驗的教學方法，並不是我獨家發明的，我在國際學校的時候，這種教學方法已經被完全採用。在國際學校施行時，大家會趨之若鶩，心無旁騖地追捧，原因會否是「學費高昂便是信心的保證」？現在實行於這所村校裏，可能會有種「平嘢冇好嘢」的心理壓力吧！有時候，一個人的心理素質是否夠強韌，對事情是否有充分的認識，是很重要的。

重執教鞭回到村校，認真教學，就是以三十多年的幼兒教育經驗，體驗到有質素的教育方式，希望孩子能夠在這種教育方式中成長。能對事物細心觀察，分析推論，以致產生興趣，能主動學習，這是終生受用的。

如果真有一條起跑線，每一位孩子必須置身於競賽中，那麼，我們至少要讓孩子喜歡這條跑道，才能迎接充滿挑戰的學習世界吧！

在接力賽奔馳的孩子。

第／四／章　**我看世界**

地球每分每秒都在轉動，她不會因為您的悲和喜，停下來繞着您轉，只有安安分分走好每一步，才能看到世界的不同角度。

圖片來源： Angelo Brathot @ Flickr

旅遊、人生

　　港人酷愛外遊絕對是稱霸全球的，2017 年人均出國旅遊的次數為 11.4 次，其餘排名頭十的國家或地區分別是阿爾巴尼亞、丹麥、瑞士、新加坡、愛爾蘭、芬蘭、瑞典、匈牙利、盧森堡，而香港則是榜上唯一的亞洲城市，旅遊的頻密程度幾乎是以上九個國家或地區的總和。

　　我不太着緊以上的數字，反而一心一意想念着旅遊時的美食。

　　不知您是否有同感，旅遊時的食物彷彿特別美味，起初與家人都認為是因為心情愉快，所以吃得特別醒神。後來，同行的四哥提出了一個新概念，感覺特別有道理：只因使用的「師傅」，即是味精，與本土略有不同，所以是新鮮感影響而已。

　　話說回來，如果外地的食物只是靠不同味感的「師傅」，或單單只是因為「新鮮感」，那麼，為什麼簡單如炒雜菜或沒法添加的水果，也特別鮮甜可口？

著名飲食節目主持「梅姐」的金句——食雞有雞味，食魚有魚味，已經不容易遇見了！

著名 DJ 蘇絲黃常常邀請她的好友——從澳洲學成回來的化學博士為客席主持，我除了欣賞博士的學識，能深入淺出地闡述物理知識，也很認同他對本港食物的看法。博士曾經說，有天他生病了，想念在澳洲的時候，嫲嫲總會為他做一鍋雞絲生菜粥。此粥品除了鮮味無窮，亦充滿人情味。所以，那天生病時，他也替自己做了一鍋雞絲生菜粥，以此回味與嫲嫲之情。這粥品並不難做，只是用雞肉煮好粥底，最後加上切得幼細的生菜絲便成。最後成不成呢？當然不成，因為雞無雞味，而生菜更是只得軀殼一般，沒有真正生菜的鮮甜菜美。

我聽了博士的陳述，不禁心中暗笑，這也是我對香港食物的評價，深感無奈！

香港是現代化的國際都市，是走在世界舞台的一個大都會，但是人們的生活質素如何？單單是食物便引人詬病。如果說食物只得一副軀殼，那麼，這都市內的人呢？是不是也只剩下一個軀殼？

上星期，年紀老邁的奶奶出巡，上到巴士，雖然車子沒有太多乘客，但是關愛座和鄰近通道的座位都坐滿了，就是沒有乘客願意讓出座位給老人家。老奶奶很艱難地在晃動的巴士上，跨過坐在外邊的乘客，怯弱地走到窗口坐內。

我和義工亞熙也曾經有過這些經驗，一次在路上嘗試送上一些小禮物給途人，他們都似遇鬼般散開，有的更會即時板着臉說：「我不捐款！」我和亞熙都啼笑皆非！

衷心的祝福這片土地，人人都能快快尋回人生的真味。

惡人家族

這幾天翻閱報章，對於大韓航空的「惡人家族」事件愈來愈感興趣，一門四大惡人，可説是一個比一個兇狠。

趙家大女兒的「果仁案」可説是眾所周知；次女又曾向廣告商的職員無理取鬧，肆意扔玻璃杯及潑水，她發難的原因，只因該職員未能及時回答她的問題；弟弟後來被發現因為道路糾紛，曾向一名七十多歲、手抱幼兒的長者動粗。

最新鮮熱辣的新聞是這三位惡姐弟的母親曾向二十多名職員、裝修工人等動武，這位母親李女士曾下命令要求裝修工人下跪，更掌摑他們，甚至踢他們的小腿，極之兇狠野蠻。報道同時指出，李氏有次到集團旗下的酒店，因為有名員工沒認出她，就被當場辱罵並開除。一家人都是一不高興就動手打人或發難，這個惡人家庭，究竟是如何煉成的？一時間讓我想起古龍小説《絕代雙驕》裏的惡人谷，其中十大惡人屠嬌嬌、李大嘴、哈哈兒等，他們的武功不是很高，性格也不是最兇惡，只

是脾氣、習慣特別不正常。我想這趙氏家族的脾氣、習慣也算是特別不正常吧！

怎樣的父母，便有怎樣的子女。大韓航空的趙老闆和趙太太，毫無疑問在品格和教養上出了嚴重的問題。在各大小傳媒的報導已露出端倪，就從趙太李氏的所作所為，便可知道他們的教養方式是如何的不濟了。

相信很多教育界的同袍都遇過以下的情景：

在新生面試的時候，發現孩子說話的聲浪特別大，動作特別誇張，不消一刻，我便看到那孩子的家長，發現大家如出一轍，父親或母親的言行跟兒子是「一個餅印」似的。我曾經遇過印象最深刻的，是那聲大大的父親，跟我請教育兒之道，他說：「我的兒子說話很大聲，這樣不禮貌呀！校長，我應該如何管教他呢？我已經常常提點他了，但兒子仍然說話好大聲，讓我很煩惱！」我望着這位似乎很有心，但是又沒有注意自己言行的父親，當時我心裏在想：先生，您說話的聲浪又何嘗不吵耳呢？就與兩韓邊界每天喊早的喇叭不遑多讓，聲浪特別厲害啊！

父母的一言一行，對子女的成長有着不可或缺的影響力。您想要一

個怎樣的孩子，就要先從自己做好，這就是所謂的「身教」了，不然的話，地球上又會多了不少惡人。

知易行難，要在孩子面前守規矩，不說粗話，不沉迷手機玩意，說話溫文爾雅，樂於助人⋯⋯在香港如火箭一般快速的生活節奏裏，要做到的話，說易不易，但說到影響一個生命的整體，這是奢侈的選擇嗎？事實上，「生曰父、曰母」，這也是父母必須要做到的。

從心出發，跟惡人谷說再見吧！

誤報的啟示

　　二〇一八年剛至，夏威夷於一月十二日的一個早上，發出了導彈襲擊警示，這個充滿陽光與歡笑的城市驟然變得緊張，一向優哉游哉的市民、遊客頓時陷入一片恐慌，大家意識到可能只剩下二十分鐘的光陰。在這僅餘的時刻，選擇各有不同，有人慌忙亂跑，不知所措；有人趕忙與家人擁抱，依依不捨，作最後道別；有的積極求存，不忘將摯愛的女兒安頓到溝渠下，希望她能逃過一劫⋯⋯生命倒數，取向各有不同！

　　聽到這段新聞的一刻，我正在駕車回校上課，在車廂內手執駕駛盤，眼看着馬路情況之餘，亦欣賞到藍天白雲，世界是美好的，生命是脆弱的！這一刻，想到人生盡頭的議題，忽萌奇想——虎爸、虎媽們，在這短暫的二十分鐘裏，還會催促孩子依時趕上法語補習班、音樂深造班、數理速算班，或是我也不明白的七種感官訓練班呢？真是聽了也會七孔流血的虐兒訓練班。帶着興趣去學，是美事，沒有興趣去苦學，是慘事！

　　夏威夷這個導彈襲擊警示，幸好最後是誤報，這個城市又再度陽光普照，歌舞昇平，這次是誤報，您的人生又有否誤判？

　　人生追求的是有質素地活着，日出日落，每天都有着不同的意義和人生任務。在一部瑞典電影《狗臉的歲月》，兩個孩子在屋頂上享受日光浴之際，其中一個孩子說：「我爸爸是搬運香蕉的工人。」另一個接口問道：「我爸爸是經理，怎麼你爸爸不做經理？」孩子答道：「如果個個都是經理，那麼誰人給你搬運香蕉，讓你享用？」就在那一刻，導演霍爾斯母將鏡頭一轉，讓您看着蔚藍的天空，風在遙，雲在飄。

　　眾生平等，童年的追憶，希望您有一天能領悟到「看山仍是山，看水仍是水」的境界！

孩子，辛苦了！

　　雖然應允了外子環遊世界的夢想，但要完夢似乎仍很遙遠。復活節假期正好先交出一點誠意，跟外子一齊到馬來西亞沙巴走一趟，陽光與靚泳池正是他的心頭好。於是，拋開一切去旅遊，當然是先付點「夢想」的利息吧！

　　在沙巴的酒店附近有一所小學，每當到樓下餐廳用餐時，都會見到很多小學生背着大背包，或是拉着行李唸似的書包下課，外子好奇地問：「是書包還是旅行唸？」小學生們個個穿着整齊校服，不似去旅遊，我看了一會，答道：「當然是書包，個個都是滿的，還有那些色彩斑斕的公仔式樣⋯⋯」接着，只見家長們湧上前接過書包，就怕孩子下課後，還要拉着重重的書包而過累呢！接着他又説：「唉！全球的孩子都好慘啊！」

　　亞洲的孩子彷彿特別可憐，長年睡眠時間不足，已是家常便飯。例如韓國的學生每天早上六時三十分便起牀，回到學校先是自修，到九時正開始上課，至下午下課後，必須去補習，因為韓國人相信只有多「練

習」才能有進步。於是，補習至晚上九時、十時是必須的，如果還有精力，學習仍然可以繼續，在補習社留至十一時才回家也可以，接着明天又是一個循環。

我的學校裏有一些是南亞裔的學生，家長在報讀時，三番四次地問我學校的上課情形如何，功課又有多少。我還以為他們喜歡填鴨式的教育，但是我這個忠實的校長，沒有為了多收學生而隱瞞學校的辦學宗旨，於是如數家珍地告訴家長，學校以兒童為本，讓孩子多探索，多嘗試，以第一身的學習經驗為本，讓兒童有愉快的學習經驗……幸好如此，原來家長正是害怕他們家鄉的學習文化，因為在當地，即使是幼稚園，上學也是從早上至下午，沒有茶點時間，也沒有運動課堂，只有讀書、默書、讀書，然後都是默書，因為他們相信玩物喪志，多玩無益。

我卻相信兒童絕對可以從遊戲中學習，而且，「玩」是一門高深的學問，在西方國家早已有「玩」的碩士學位課程。

現在我和摯愛躺在泳池旁，享受着日光浴之際，希望孩子們也擁有健康的體魄，迎接充滿挑戰的學習世界！

孩子真的要健康，才能撐得住！

一水之隔的情懷

近月，有幸被澳門教青局（教育暨青年局）邀請到一水之隔的毗鄰城市澳門工作。

是次為一項大型的活動，由澳門社會工作局、衞生局及教育暨青年局，三局跨部門聯辦，主題是「健康澳門——幼兒健康成長專題研習」。席上與各部門主管閒話家常，各位局長皆認為社會對教育的意義及教養的方式有所扭曲，身為帶領社會發展前進的政府機構，有必要站出來表態，以正風氣，所以，破天荒跨部門用心搞了這個活動。

能與不同地區的人分享教育理念是幸福的。雖然澳門是毗鄰城市，地理上彼此非常靠近，但是其社會文化及生活方式卻與香港不逕相同。

整個活動人頭湧湧，在周五、六，教育界同袍及家長踴躍參與活動及交流。而我在繁忙的工作安排之餘，還得抓緊時間，於課後遊覽澳門市市容及感受當地民情。澳門的街道一般較狹窄，但是您總會看到一些

作者到澳門出席「健康澳門──幼兒健康成長專題研習」活動。

市民，於寂靜的角落閒適地閱讀報紙，十分寫意；在行人道上，也不難找到各式各樣的馬賽克拼圖，優柔地坐落在行人道上，彷彿想把急速的腳步叫停。我也慢慢走着，細心欣賞這美麗的路上圖畫。由於澳門曾經是葡萄牙的殖民地，所以採用了不少葡式的地磚圖案，葡萄牙早在四百多年前，已是海上的航海強國，所以圖案以海洋為主題的較多，其中會以鯊魚、魷魚、小船、海浪及賦予生命力的太陽作圖。看着這些優美的馬賽克，在繁忙的城市生活中，可找到一點點情趣。

穿過了大街小巷，很快便到達我心儀的松山公園，因為人總要健康，才能進行自己想完成的工作或任務，運動是絕對不能少的。所以，

澳門街頭以海洋和太陽為主題的馬賽克地磚圖案。

我於演講後，馬上換上波鞋、短褲，走到松山呼吸新鮮空氣之餘，又作環山跑步，鍛鍊身體。那時候，未到黃昏七時，但已經看見不少穿上有型運動服的市民，正在享受運動的樂趣。有的在一旁使用公園裏的器械作操練運動，有的拉着心愛的小狗一起跑步，我深深感受到健康且愉快的磁場，心裏有點感動。反過來，如果是在我生活的香港，在晚上七時的時候，相信大家仍在辦公室中拚命奮鬥。

　　我到澳門參加的活動是「健康澳門」，我想香港比這個小城市更需要多舉辦這些活動吧！人為了生活，所以努力工作，現在卻好像是為了生活而失去了幸福。人生，努力是必須的，但無止境的追逐，究竟是得的多，還是失的多？

未到黃昏七時，已經看見不少澳門市民正在享受運動的樂趣。

看世界盃，悟教育事

　　我不是足球迷，但是四年一度的世界盃開鑼，精彩的足球賽事不期然讓人瘋狂。

　　身邊的良家婦女打從世界盃初賽開始便心有怨言，有的説：「四年一度，老公又開始拋妻棄子，每天等着球賽開波。」又有人説：「我曾幾何時要他陪我買包包、逛時裝店？現在他卻説希望與我一起睇球賽，半夜三更我怎樣捱過去？」我聽了會心微笑，從世界盃能看得到人生百態。

　　我雖然不是標準球迷，但是高水平的球賽如世界盃，總讓我駐足停步，乖乖坐在電視機前，希望能捕捉到夢幻腳法，或是上帝之手那樣蔚為奇觀的球技。今屆世界盃看了幾場賽事，觀感上總覺有所欠缺，球員的動力似乎很有限。從前看世界盃，球員彷彿擁有用不盡的體力，球來球往，球到之處，總有四面八方的球員，紅球衣的、白球衣的，雙方如燈蛾撲火似的湧至圓球所在，反觀現在的球賽，運動員好像稍為悠閒了點。

　　無獨有偶，最初的幾場賽事都是以十二碼罰球得手取分，讓球隊取勝。縱觀比賽過程，細膩腳法、戰術部署並不多見，反而球員的發揮都在身體反應和表情上表露無遺：有進攻球員控球至禁區，對方的攔截球員勇猛地攔截，進攻的那位球員看準機會，有插水的，有面部、肢體統統扭曲，表現痛楚……十二碼罰球又得手了，旁述往往會說：「又『搏』到罰球。」說時漫不經心，不以為意。相信四年一屆的世界盃在這年年月月的「進步」，就是領隊、隊長、球員都深明遊戲規則，大家儘管看準規則行事，一起鑽空子，這才是生存之道。

　　觀看着球賽上演，就如同看到香港的教育現實情境，本學年香港的幼稚園教育進入了一個新的里程，其中一項政府資助是對非華語學生的支援。資助額也不少，足夠聘請一名合資格的幼稚園老師，各大幼兒教育機構紛紛看準時機，從前不接受非華語學生，如南亞裔兒童的學校，也願意教育這些少數族裔了，無他，資金多了，可以多聘人手，一舉兩得。不知怎樣教？就當是實驗教學，摸着石頭過河，反正有錢才能「推磨」。

　　對於有教無類，看見孩子的需要，不論國籍，不論會否說廣東話，難教也要教的學校，總算等到出頭天，資助有如天降甘露。只是世界變了，球賽在鑽空子，教育也是看着規則去玩，一起「轉」着空子。

電影《起跑線》
的人生觀

人的「起跑線」實在太多了，我們每天都在競賽裏，為求先到達「理想地」，已把「起跑線」推至不能再前。

在這營營役役、充滿競爭的社會，真正的起跑線在哪？

在很早很早的以前，已將之加於孩提身上，真是早得不能再早。相信大家也曾聽聞，懷孕時已經要給腹中塊肉報讀親子班，以豐富心肝孩子的「檔案」，未雨綢繆，建構厚厚的一份成長學習檔案，為將來報讀名校，闖進富貴地，搭橋鋪路。

在印度電影《起跑線》裏，

導演和編劇兩小時的引領中，我享受着這個過程，一幕又一幕讓我身同感受，會心微笑，甚至乎捧腹大笑。家長為孩子拚命尋找機會，為了穩奪最佳起跑線的位置不惜一切，生活顛倒奔波不在話下，更在不知不覺中，做出不少瘋狂的行為，不只怪獸，甚至已傷害了他人而仍然懵然不察覺。

在電影的末段，導演薩卡‧查德利選擇來一個大反差，他沒有過分賣弄技巧，只是實實在在，以平實的手法，透過男主角伊丹‧卡漢獨特的演技，以心以情告訴觀眾，一個人至少應有的做人態度：簡單如做好一個人，才能做一個好丈夫、好爸爸。

對既得利益者而言，確實沒有人願意放棄權勢，但貪婪的人總是永不滿足，總想以權力、財力取得更多，獲得更豐厚，不知不覺間，已謀奪了弱勢者應有的權利。這些大家似乎已經司空見慣，習以為常，是非黑白似乎都變得模糊。在這畸態的大環境，莫非這就是我們在追尋的起跑線？起跑線無罪，我們的手段就是這樣權謀掠奪？電影播放至此，好像聽到不少打開紙巾包裝的聲音，嗦嗦嗦嗦，觀眾不期然拿起紙巾來抹眼淚。

為人何所求？原來簡單如做一個「好人」已經不容易，這部電影讓

我有所反思，勇敢面對自己。男、女主角最後的選擇讓我感動，至少他們願意做回自己，做回一個人應當做的事，例如分享、互助互愛，如此種種，卻是這對夫婦在貧民區生活的時候，由一位基層好爸爸身上切身體會得來的。仗義每多屠狗輩，那位基層好爸爸以身作則，活生生地在困難的生活中做到「人」的楷模，讓這對在混沌世界中埋頭追逐的夫婦尋回自己。

愛着孩子，愛着家人，是父母或是一個人都應該努力實踐的，但是愛的付出應該是雙方面的，盲目地追尋着這條不能劃一訂定的起跑線，並強加於孩子身上，然後又製造更多混混沌沌的生命，這樣豈不是苦了孩子？也讓孩子不知怎樣去愛您嗎？

「人只能活一次，但我的願望卻有很多！」電影裏有很多金句都留在我的腦海裏，讓我回味。愛着孩子，愛着家人。愛，是無分國界的。

我準備看第三次了！

錦囊裏的兩個字

　　每個人都有自己一套獨特的人生智慧。可能每一個人都有一個人生錦囊，錦囊是什麼呢？讓我想起武俠小説裏，白髮蒼蒼，老態龍鍾，眼神卻炯炯的師父，在山之巔交代徒弟下山成大事之前，總會給他一個小小的錦袋，老師父對着小徒弟説：「你師成下山，如遇困難，至生死關頭，才能打開這錦囊，定可救你一命！」

　　有一老朋友在傳媒機構工作十多廿年，至今屹立不倒，其職位雖然不升，但也不降，他是一位專業的攝影師。該機構經歷了不少風雨，已易主無數次，茶杯裏的風波更是天天精彩，工作環境甚為惡劣，所以，他的同事大多熬不過三年。我問他的致勝之道是什麼？他説勝利不在於個人的才能，有時候愈聰穎的人，愈容易成為過去式，他只記着拿破崙的成功勵志名言：勝利屬於堅持到最後的人。

　　之前曾到澳門參加一個以健康為主題的兒童健康發展活動，説到健康，當然少不了邀請營養師作為主講嘉賓，這位區先生是在澳門長大的

地道葡裔人，說得一口流利的廣東話之餘，還帶點獨特的葡國風味，所以聽起來特別有趣可愛。專題講座完畢後，講者接受現場家長的發問，有一位女性家長非常擔憂地問營養師先生：「我的兒子一歲半，因為承傳了爸爸的口味，只喜歡吃甜的食物，所以，很多東西都不吃，就只吃水果。我有嘗試向他餵食不同的食物，兒子總是二話不說就吐出來，甚至乎作嘔嘔吐，我真是不得要領。最近到健康院檢查，兒子的體重又減了，只有同齡小朋友的一半，我非常擔心……請問營養師，有什麼東西可以給他吃又會健康呢？」

我聽後也十分想知道答案，究竟有什麼食物可以幫助這位可憐的孩子呢？專業的區先生作為一位有經驗的營養師，堅定的對媽媽說：「孩子只得一歲半，怎麼由他去選擇食物，然後要你跟着他去做？而不是你，身為一位母親，去選擇一些有營養又適合小孩子吃的食物呢？」

我聽後心裏在想，他都嘔吐了，又怎能繼續下去？接着，區先生堅定地說：「現在，社會上出現了很多嚴重偏食的小朋友，原因就是很多媽媽都沒有堅持，今天他吃這種食物會嘔吐，不代表他明日也會嘔吐，你必須努力嘗試，堅持給他吃，總有一天，他會能夠接受。事實上，沒有一種食物，只是吃它，就會得到完全的健康，只有均衡的飲食，才是健康的真諦。」

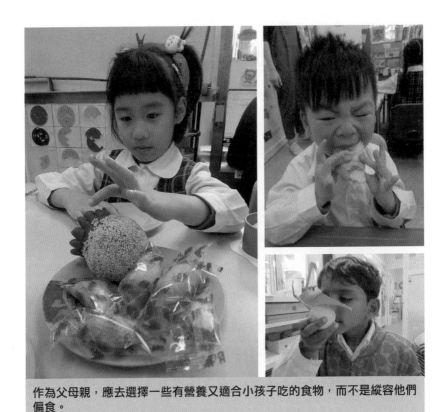

作為父母親，應去選擇一些有營養又適合小孩子吃的食物，而不是縱容他們偏食。

　　原來做父母也如拿破崙打仗一樣，必須堅持到底，才會得到最後的勝利。這凱旋之歌，也是為着您的孩子而奏起來！

一枚雞蛋的傳奇

人的際遇時有高山低谷，雞蛋的遭遇亦一樣。

在香港五、六十年代時期，食物並不充裕，雞蛋可算是所有家庭必備的食品。還記得小時候去探望外婆，外婆的牀下底總收藏着一籃雞蛋。當我們一家大小探訪外婆，婆婆便會從牀下底拿出這籃家中瑰寶，款待摯愛的親人。試問有什麼比雞蛋更便宜，更能做出不同的菜式呢？用兩枚雞蛋拌渾加清水蒸，一盤滑滑的水蛋，加點醬油，就夠您吃兩碗白飯。媽媽常説，雞蛋有益又好吃，對身體有益；焓蛋最簡單，要多吃。這些都是從小便耳濡目染，牢固記在腦中的。

至八、九十年代，香港的經濟已經不錯，是亞洲的四小龍。生活好起來，對食物的要求已不只是純粹把肚子填滿，人人講究健康，對於雞蛋的評價就來了一個翻天覆地的轉變，因為有一醫學報告倡導雞蛋的膽固醇含量極高，吃一枚雞蛋，已經是人體一天能吸收膽固醇上限的三分之二了。

於是，雞蛋變得讓人聞蛋色變。

偏偏我是一個愛蛋之人，小時候有媽媽的「培訓」，少年時為了供樓，節衣縮食，早餐不能花費太多，每朝必定做一至兩枚烚雞蛋，和一壺自家炮製老火湯或是無糖豆漿送蛋。

那時，身邊的人都勸戒我不要每天吃雞蛋。

曾有一位義工，被我推介要多吃雞蛋。有一天，她真的帶了一枚烚蛋到學校，她在我面前慢慢地把蛋殼剝下，當吃到蛋黃部分，她就拿起蛋黃，雙眼緊緊地望着我，刻意地丟了它。我的天呀！這麼美味的食物，怎可以丟了？如果不是那義工把蛋黃丟到垃圾堆裏去，我一定會拿起它，深情地把它吞進肚裏去。我知道她這個動作是要讓我知道，蛋可以吃，蛋黃萬萬不能吃，高膽固醇嘛。反正我也常常看到她青筋盡現地勸阻她的丈夫不要吃雞蛋。

當人人厭棄雞蛋時，我還是如嚐家珍的吃着，不是我心口有個「勇」字，而是經過個人的實際體驗，並留意身邊的人和物，再作分析出來的結果。我吃了雞蛋感覺良好，飽肚又低脂肪，好味就更不在話下，而且留意到那些健康長壽的耆英們，總是無一不喜歡吃雞蛋的，況

且，大篇幅報導雞蛋對人體有益處的專業及醫生意見的文章也不少，例如一九九九年七月的《時代雜誌》，曾以巨大篇幅報導雞蛋的益處，並糾正過往對雞蛋的謬誤，所以我認為雞蛋沒有問題，也深信「盡信書，不如無書」的道理。

學習與做人一樣，觀察、分析和批判性思考決一不可，作者吃雞蛋也是經過深思熟慮的！

事到如今，雞蛋又成為健康食品了，因為它的所謂高膽固醇，其實是一個謬誤，當中包含不少不飽和脂肪的膽固醇，反而可以減低那些不好的飽和脂肪呢！而且，雞蛋黃的蛋鹼能幫助腦部發育和增強記憶力，

您説多美好！

一九一三年的醫學報告，是一位俄國醫生用了小白兔作為餵食雞蛋的實驗對象，原來人與白兔的消化系統截然不同，而事實上兔子是草食性動物，絕對不應與人類相提並論，就是這麼一個實驗，讓雞蛋含冤了超過百年。

當然，亦有報道説雞蛋有過多的激素，做家長的惟有小心選擇，試問現在的食物又有多少不曾受污染呢？

歸根究柢，學習與做人一樣，不能做只是人云亦云的 Yes Man，觀察、分析和批判性思考，能獨立思考等等，就如內功心法，必須有這些根底，才能有好的學習和成仁的基礎。

五個小孩的校長
── 教情逸致

作者：呂麗紅

出版經理：林瑞芳

責任編輯：蔡靜賢

封面及美術設計：Joy Lee

圖片來源：呂麗紅、Flickr

出版：明窗出版社

發行：明報出版社有限公司

　　　香港柴灣嘉業街 18 號

　　　明報工業中心 A 座 15 樓

電　話：2595 3215

傳　真：2898 2646

網　址：http://books.mingpao.com/

電子郵箱：mpp@mingpao.com

版次：二〇一九年三月初版

I S B N：978-988-8525-43-0

承　印：亨泰印刷有限公司